副社長にハニトラを仕掛けたら予想をはるかに超えて溺愛されました

玉紀 直

プランタン出版

※本作品の内容はすべてフィクションです。

プロローグ

「では、スカートを上げて脚を見せてください」

——瞬間、面接会場の空気も固まったが、言われた藤谷玲(ふじたにれい)も固まった。

(あれ？　これって、なんの面接だっけ？)

言葉を失ったまま、しかし動揺を悟られないよう平静を装い、玲は意味不明な指示をしてきた人物を凝視する。

広い会議室で面接試験を受けているのは玲ひとり。対して、目の前に横並びで座る面接官は五人。向かって左から、今回秘書を募っている副社長、中央に人事担当三人を挟み、右端に座るのが問題の人物。

二階堂将騎(にかいどうまさき)、彼も副社長だ。

秘書を募っている二階堂春騎(はるき)とは双子の兄弟で、将騎は弟である。守りの兄と攻めの弟といわれるくらい性格は両極端だが、それが絶妙なバランスで保たれているという。

(脚？　脚って言った？　それも、スカートを上げてとか、言った？)

事前に詰めこんだ情報が、頭の中を爆速で回る。これは秘書を決める試験であって、間違ってもいかがわしい動画の出演オーディションではない。

(どうして、こんな指示？　前情報で二階堂兄弟にセクハラ癖はないはずなのに)

「どうしました、藤谷さん。聞こえませんでしたか？」

余裕を感じさせる、ゆったりとした声。それなのに威圧感がすごい。声だけではない、全身から醸し出されるオーラはまさに威風堂々というべきか。

男性的な魅力にあふれた、実に綺麗な顔をしている。ＡＩで作られたものではないかと感じてしまうほどの完成度は、薄ら寒くもある。双子のはずなのに、春騎のおっとりした優男風のイケメンレベルとは少し違うようだ。

「将騎君、藤谷さんが困っていますよ」

見かねたのか春騎が発言をする。人事の三人は、将騎の迫力の前に背筋を伸ばして経過を見守るしかできない。

しかし将騎は外野などまったく気にしていない。顔は玲に向けたまま、口出しするなといわんばかりに春騎に向けて手のひらを向けた。

(なるほど)

あまりのことに思考の回転が鈍ったが、この会社に潜りこむにしても、副社長兄の秘書になって計画を実行するにしても、この弟を納得させなくてはならないということだ。

戸惑いと焦りをひっそりと呑みこむ。玲はわずかに顔を上げ、真っ直ぐ将騎に向けて声を発した。

「申し訳ございません。少し近くに寄ってもよろしいでしょうか」

「かまいません」

「失礼いたします」

背筋を伸ばして立ち上がると、玲は今まで座っていたパイプ椅子を持って将騎の正面に移動した。

少し、という近寄りかたではない。人事のひとりが「君っ」と慌てたが、玲は構わずパイプ椅子の上にのり、スカートをまくり上げて勢いよくテーブルに片脚をのせたのだ。

ダンッという力強い靴音が会議室いっぱいに響く。

「これでよろしいでしょうか」

将騎の目の前にくるように置かれた脚。恥ずかしくないはずはないが、羞恥に歪みそうな顔を、玲は必死にこらえる。

——目的のためには、この程度でひるむわけにはいかないのだ。

こんなセクハラ面接で脚を見せるどころではない、もっともっといやらしくて狡猾な計画を実行しなくてはならないのだから。

玲も平常心を装うが、将騎も表情ひとつ変えない。真面目な顔で目の前にさらされた玲の脚を凝視している。

人事の三人はどうしたものかとソワソワしているようだが、春騎は黙って見ている。まるで、将騎の出方を待っているようにも思えた。

出方を待つのは玲も同じだ。「これでよろしいでしょうか」と尋ねた手前、彼の返答がなければ動くことができない。

いつもの玲ならば、セクハラなどに遭おうものなら蹴りのひとつもお見舞いするところだが、今は我慢だ。

(もぉおっ、恥ずかしいなぁ！　なんか言ってよ、この変態!!)

ポーカーフェイスを装い、心の裡では羞恥に打ち震える。

恥ずかしさのあまり涙が浮かんできそうになるが、ここで泣くわけにはいかない。奥歯をぐっと噛みしめたそのとき、将騎が勢いよく立ち上がった。

「よし、気に入った」

言うが早いかテーブルにのった脚を手で払う。まさかの所業に、当然玲はバランスを崩し椅子から転落しそうになった。

「きゃっ……！」

が、素早く将騎の腕に抱き止められ……肩に担がれたのである。

「はぃぃっ!?」

この男、やることが予想の斜め上すぎる。

どこの世界に求人の面接で来社している女性を、荷物のように肩に担ぐ失礼な重役がいるというのだ。

……ここにいた。

「あっあの、二階堂副社長っ……!」

「藤谷玲」

「はいっ」

重厚感のある声で力強く名前を呼ばれ、脊髄反射で返事をしてしまった。

「採用だ。君は今日から俺の秘書になってもらう」

「ええええっ!?」

驚きの声をあげたのは玲だけではなかった。人事の三人も驚いて立ち上がる。ひとり、のほほんと座っている春騎がクスクス笑いだした。

「ひどいな将騎君。今日は私の秘書を決める面接だったのに。私のほうの補充はどうしてくれるんだい?」

「うちの守屋(もりや)を回す」

「彼かー。うん、仕事はできるし真面目でいい人だよね。……でも、ちょっと厳しすぎるんだよね……」

「春騎は少し厳しい秘書に揉まれたほうがいい」

「将騎君が一番厳しいよ」

文句っぽいことを言うわりに、春騎は楽しそうだ。笑いながら玲に顔を向けた。

「副社長同士、連絡も密な部分があります。私も藤谷さんにお世話になることが多いと思いますが、よろしくお願いしますね」

「副社長……」

おだやかな物腰、気遣いあふれる優しい口調。にじみ出る〝いい人オーラ〟。

(おかしい！　わたし、この人の秘書になろうと面接にきたはずなのに！)

それなのに……。

「いろいろと手続きはあるが、まず俺の執務室に案内する。体力に自信はあるか？　くねくねしていたら、すぐにへばるぞ」

くねくね、とは。

「ご安心ください、体力には自信あります。それより、下ろしてください。わたしは荷物ではありません」

「下ろしたら逃げるんじゃないか？　まあ、逃げてもいいが」

なんて嫌味なことを言うのだろう。それとも嫌味だと思っていないのか。

秘書にすると言っておきながら、逃げてもいいとは。

もしや、こんな扱いをされて玲が怖気づくとでも思っているのだろうか。

失礼な話だ。セクハラ面接の果ての不可解な採用、そして荷物担ぎ。それくらいで逃げだすほどヤワではない。

「逃げません。秘書に選んでよかったと言っていただけるよう、努めてまいります」

売られた喧嘩は受けて立つ。すると、やっと肩から下ろされた。ホッとした玲の前に、将騎の右手が差し出される。

「改めて、よろしく」

「よろしくお願いいたします」

応じると、大きな手がシッカリと玲の手を包む。この瞬間、玲のターゲットは二階堂将騎に変わった。

（できるだろうか……でも、やらなきゃ）

玲には、大きな使命がある。

（やらなきゃ……。やったことないけど……ムチャクチャ不安だけど……）

秘書になって、二階堂副社長にハニートラップを仕掛けることだ。

（あの地獄から抜け出すために……やらなきゃ！）

強い決意を胸にしつつ、玲は使命を受けた運命の決断の日を、思いだす——。

第一章　ハニートラップってなんですか？

その日は、とてもいい天気だったのだ。

カーテンのあわいからあふれ出てくる光は希望に満ちて、その色はあたたかさを感じさせ、とても優しかった。

窓を開ければそよ風が青葉の香りを連れてくる。吸いこんだ空気から心の中まで浄化されそうな爽やかさ。

なんて素晴らしい目覚めなのだろう。窓の桟に両手をかけて空を仰いだ玲は、太陽のまぶしさに目を眇める。

――そうだ、こんな日は、アレを実行しよう。

思い浮かんだのは長年考え続けていたプラン。いつか実行してやろうと、その機会を窺っていた。

機会といっても、なにかがそろわなくてはできないような計画ではない。単に〝実行したい気分〟になるかならないかだ。

実行する気になった理由をつけるならば、朝の陽射しが希望の光に見えたから、というところだろうか。

（いい朝だ。こういうのを希望の朝っていうのかな）

小学校の夏休みに参加した町内会のラジオ体操を思いだす。

毎朝聞こえた歌詞の中に、希望の朝、というフレーズがあった。あれはきっとこういう朝のことをいうのではないか。

太陽に目を眇めていた玲だったが、ふとおかしなことに気づいた。

（……太陽……、高くない？）

ハッとして目を見開き、振り向いて部屋の壁掛け時計を睨みつける。

――昼だった。

「昼まで寝ていて脳ミソが腐ったのか。東京湾にでも沈んで頭を冷やしてこい」

眼光鋭くそんなセリフを吐かれた日には、「はて？　この人はいつからヤのつく職業の人になったのだろう」と心の中で皮肉らずにはいられない。

とはいえ、辛辣で嫌味っぽいのは今にはじまったことではない。

玲の兄、正確には〝腹違いの兄〟である要川由隆(かなめがわゆたか)が、妹である玲に優しかった覚えなど、まったくと言っていいほどないのだ。

高級住宅街に建つ要川家。

いかがわしい女王様が下僕に話しかけてくる動画を視聴中だった……もとい、仕事のキャンペーン動画を視聴中だった……ということになっている由隆の書斎に飛びこみ、彼のデスクをバンッと叩きながら口にした言葉に対する返事が、ヤがつく職業の方の真似事だったのである。

「東京湾に沈んだら、頭どころか全身が冷えますよ。全機能が停止して腐った脳ミソも修復できません」

いたって真面目に返す玲を、由隆は忌々しそうに眺めた。

「なにを真面目に答えているんだ。馬鹿か」

「由隆様ほどではありません」

「はあっ？」

「ええ、わたしは馬鹿ですが、なにか？」

ついつい出てしまった本音を蹴り飛ばして素早く由隆に同意すれば、少し納得いかない顔は見せるもののフンッと鼻を鳴らして玲を見くだす。

いくら腹違いの妹とはいえ、ひどい扱いだ。しかしながら十五年もこんな境遇が続いているのだから、慣れもする。

慣れて嬉しいものではないが。

他に兄弟はなく、要川家当主だった父親は五年前に他界、その後、由隆の母親は他の男と再婚して出ていった。

跡取りというプライドでこの家に残った由隆、必然的に彼が現在の要川家当主である。父も母もいない今、玲は同じ屋敷に住む肉親なのだから、もう少しやわらかい態度で接してくれてもバチはあたらないのではないだろうか。

要川家はレジャー産業を主として事業展開をする、株式会社カナメレジャーの創業一族である。

由隆は長男で、玲よりも五つ年上の三十歳。現在常務というポジションにいる。

今でこそ企業としては中堅近くまで落ちこんでしまったが、テーマパークが大当たりしていた時期は業界トップクラスに名を連ねるほどだったのだ。

そのころ社長だった由隆の父親がかこっていた愛人が、玲の母親である。

つまり玲は妾腹の子どもで、十歳のとき母が病死してこの要川家に引き取られた。引き取られたといっても認知はされていないので苗字は藤谷のままだし、そのころから由隆にはクズ扱いをされ続けている。

「僕の耳がおまえの声を聞きたがらないあまり、聞き違えたのかもしれない。もう一度言ってみろ」

これはつまり、もう一度チャンスをやるからクソくだらないことは言うな、という意味だ。言葉に出さずとも見くだす三白眼がそう言っている。

玲はすうっと大きく息を吸いこむと、同じ言葉を口にした。

「この家から出て、要川家と一切の縁を切りたいです」

「ふざけるな、この恩知らずが！」

由隆は勢いよく立ち上がりデスクを叩く。用意していたかのように、スルッと出てきた言葉だが、――恩を受けた覚えは、ない。

「おまえみたいなハンパ者を引き取って家に置いてやったのに、恩返しもしないうちに縁を切りたい？　どの口が言ってんだ！」

どの口と言われても玲本人の口である。

ハンパ者とは失礼な話だ。妾腹だからハンパ者だとでもいうのか。――母は好きで愛人になったわけではない。

（恩返しってなによ。機（はた）でも織れって？　わたしは鶴か）

たとえ鶴でも、この家のために自分の羽を抜くなんてまっぴらごめんである。

引き取ってほしかったわけではない。祖父母は亡くなっているし頼れるような親戚もない、母は病気を患っていたので、もしものことがあったときは母の古い友人が勤める施設に入ることが決まっていたのだ。

施設には数回見学やお泊まり会にも行っていて、職員もいい人ばかりだし、同年代の友だちもできた。

今後の生活の場が決まって安心した状態で、母の最期を看取ることもできた。

それなのに、いきなり要川家に引き取られることになって、正直落胆しかなかったというのに「引き取って家に置いてやった」とは何事か。

「だいたい、おまえみたいな馬鹿がひとりでやっていけるわけがないだろう！　住むところはどうする？　仕事は？　毎日の食事は？　ひとりではなにもできない馬鹿のくせに、偉そうなことを言うな！」

馬鹿にされているはずなのに、心配されている気分になってくる。ひとりではなにもできないのだからここにいろという意味にもとれるが……気のせいだろう。

そんな優しさを、この男が持ち合わせているはずもない。

自分の意に沿わなければいやがらせ三昧、挙句、言うことをきかせるために暴漢をけしかけるような男だ……。

「お言葉ではありますが、掃除は得意だし料理もできます。ここを出ても部屋を借りればいいだけだし、今の職場をクビにされるなら就活しますよ。一応、再就職に困らないだけのスキルと学歴は持ち合わせておりますので」

しれっと言い放つと、由隆の表情が曇る。彼の前で学歴の話をするのは、玲にとっての禁止事項だ。

なぜなら中学高校大学と、玲のほうが由隆よりもレベルが高い学校へ進んでいるし成績や先生方の評価もよかった。

由隆も有名どころの大学を出てはいるが、偏差値レベルでいえば玲に遠く及ばない。妾腹が嫡男の自分より勝っているのが気に喰わない。ことあるごとに玲に向かって「馬鹿か」を連発するのはそのせいだ。

睨まれても玲は動じない。こんな顔も目も見飽きてしまって、怖いとも思わないし焦りもしない。

要川家に来てから、玲は針の筵（むしろ）に座らされていたのだから。

ずっと考えてきた。この一族と縁を切ろう。由隆の支配から逃れよう。

自由になって、——自分を愛してくれる人を見つけよう。

唇を引き結び、ゆるやかに眉を上げる。反抗的な表情になっているからだろう、由隆が目を大きくして戸惑いを見せた。

それをごまかそうとしてか、くるりとエグゼクティブチェアを回し玲に背を向ける。顎を上げ、考え事でもするように壁の一点を見つめる。

背後に書棚か窓でもあれば様になるのだろうが、壁を凝視していては虫でもいるのかとしか思えない。

（なんか困ると、すーぐそうやって目をそらすんだから）

心の中で呆れつつ、玲は腰を下ろしている人間よりも立派なエグゼクティブチェアの背もたれを見つめる。

「……わかった」

その背もたれから、由隆の声で聞いたことのない言葉が聞こえてくる。

「おまえの要望、受理してやってもいい」

もっと嫌味三昧言われた挙句「この馬鹿が！」を連発されると思っていたのに。信じられないほど早く了解をもらえてしまった。

さすがにこれは素直に「ありがとうございます！」と礼を言ってもいいのではないか。自然と笑みがこぼれたとき、立派なお椅子様が再び正面を向いた。

「ただし、条件がある」

「条件？　なんでしょう」

明るくなりかかった先行きに灰色の雲がかかる。やはり快諾とはならなかったか。無理難題ではないことを願うばかりだ。

「僕が言ったとおりの仕事ができたら、この家から出ることを許す。おまえがどこへ行ってなにをしようと一切干渉しない。人を使って捜したり、追い詰めたり脅したり、エロい噂を流して就職先で仕事ができなくしたり、引っ越し先にいられなくしたり、そういったことは一切しない」

――するつもりだったらしい。

つくづくゲスな男である。性格が悪いというか歪んでいるというか。父親亡きあと彼がすぐに社長の座に就けていないのがよくわかる。

現在の社長は彼の叔父で、副社長は従弟だ。親族会議での強硬案だったが決定は正しい。もしそのまま由隆が社長の座に就いていたら、たちまち「カナメレジャーは息子の代で潰れる」と噂が流れただろう。

「仕事とは？　画期的なプランニングの立案とかですか？」

今までも由隆に代わって玲が新企画を提出したことが何度もある。いずれも成功を収めているが、もちろん由隆の業績だ。

（なんていうか、社長の器じゃないんだよね……。大丈夫なんだろうか、会社）

縁が切れたらそんなことを考える必要もない。ワクワクしつつ、なにを言われるのかと少しの不安を混じらせ、玲は由隆の言葉を待つ。

コホンと咳払いをした由隆は、その場で立ち上がり、まるで司令官にでもなったかのように片手を横に振った。

「ハニートラップだ。おまえ、男を手玉にとってこい」

「はあああっ⁉」

——本気で、不審な声が出てしまった。


「二階堂ホールディングス……。まーた、どうしてこんな大手企業に……。ったく、あの世間知らずの坊ちゃんは、身の程を知れっていうか……」

要川家、一階の片隅にある自室でぶつぶつと呟きながらキーボードを叩く。

仕入れた情報を整理していたのだが、調べれば調べるほど、いかに由隆の計画が無謀であるかを実感してくる。

『二階堂ホールディングスとの事業提携、こっちが有利に動くよう、副社長だっていう二階堂の息子を手玉にとれ』

司令官ポーズで由隆が意気揚々と言い放ったのは、どうにも理解しがたい内容だった。

構想中のテーマパークに、売りになる宿泊施設を入れたい。ただホテルがあるというだけではなく、そのホテルに泊まりたいからテーマパークにも遊びに行こうと思えるようなものがいい。

そこで目をつけたのが、リゾート観光業界大手、二階堂ホールディングスが展開するホテルチェーン、パレスリゾートホテルである。

パレスとは、palace、つまり宮殿の意味で、その名のとおり外観や内装、もちろん客室にいたるまで実に豪華な造りになっている。

本格的なレストランからファミレス、カフェやコーヒースタンド、バーやクラブ、ライブハウスなども完備。

それだけではない。ホテルの敷地内には数々のブランドショップやコンビニまでが並ぶショッピングモール、巨大プールにスパ、アミューズメント施設、立地によってはスキー場やプライベートビーチ、その他いろいろ……。

(こんなホテルと手を組んで大丈夫なんだろうか……。テーマパークよりホテルで遊んだほうが楽しかったりして……)

そう感じてしまうほど魅力的なホテルチェーンだ。

こんなホテルがテーマパーク内にあったら、本当にホテル目当てで遊びに行きたいと思ってしまう。

(天下の二階堂ホールディングスに話を持ちかけるなんてね……。交渉には誰が立ったんだろう)

由隆ではないのは確かである。

「ふむ……」

軽くうなって手を止める。——モニターには、とんでもなく高レベルなふたつの顔面が映し出されていた。

「二階堂春騎と……二階堂将騎」

二階堂ホールディングスの跡取り、副社長はふたりいる。ともに三十三歳。双子なのだ。これは本当に本人たちの顔なのだろうか。修正しすぎたとか、はたまた合成とか。こんなことで疑うのも失礼だろうが、そう思ってしまうほど男前で美丈夫だ。

二階堂春騎が兄。美丈夫要素が多めで優しい顔つきをしている。言いかたを変えれば優男風というところか。

二階堂将騎は弟。こちらは少々男前要素が多めに配合されていて涼しげな目元に厳格さが漂っている。言いかたを変えれば、抜け目がなくてちょっと怖い。

双子だとはいうが、そっくりというほどでもないので二卵性なのかもしれない。兄弟だと言われたら納得できる。

守りの兄、攻めの弟、といわれ、絶妙なコンビネーションで数々のプロジェクトを成功に導いている。

兄弟仲はいいらしく、ともに独身、かなり女性からのアプローチも多く色っぽい噂がたつこともあるようだが、特定の相手はいない模様。

「ふたりともタイプは違うけどイケメンだよね……。そりゃあモテるでしょ」

玲はこのふたりのどちらかにハニートラップを仕掛け、手玉にとってカナメレジャーが有利になるよう仕向けなくてはならない。

そのためには二階堂兄弟と知り合う必要があるが、タイミングがいいことに兄である春騎が秘書を募集していた。

こういった職種は〝経験者のみ〟もしくは〝経験者優遇〟が条件になっているイメージがある。玲に秘書経験はないので一瞬諦めかけるものの、幸い今回その表記はなかった。

大企業の副社長秘書なのだから所持する資格などにも条件があるかと思ったが、一切ないのだ。ただ「コミュニケーション能力必須」とだけある。

逆に不思議だし、もしかしたら表記のし忘れで、履歴書を提出した瞬間に落とされるかもしれないが、やってみる価値はあるだろう。

数少ない、ターゲットに近づく手段のひとつなのだ。もしも奇跡的にこれで上手くいったら、万々歳ではないか。

上手くいかなかったら別の手を考えよう。

二階堂兄弟がよく立ち寄る店にかよって顔見知りになるとか、お気に入りのバーを探って話しかけるとか、いっそ店の嬢になるとか。

(知り合うきっかけを作らなくちゃならないっていうのが難しいよ。印象的な出会いかたが一番顔を覚えてもらいやすいし、インパクトがあるんだけどな。……いっそ、いきなり車の前に飛び出してぶつかったフリをして……)

……これでは、当たり屋だ。

思考が危険な分野に突入していく。投げやりになってはいけないと、玲は大きく深呼吸をした。

デスクの上に置かれた写真立てを視界に入れて心を落ち着かせる。——幼い玲を膝にのせた、母の写真だ。

——玲は、ちゃんと自分を愛してくれる人に出会ってね。

母は、どんな気持ちで玲にその言葉を言い聞かせていたのだろう。

幼いころから、父は玲が生まれる前に病気で亡くなったのだと教えられていた。それを信じて疑わずに育ってきたのに、母が病死してから現れた要川家の弁護士に真実を聞かされて、どんなに驚いたか。

十歳の子どもに愛人関係なんてよくわからない。ただ、自分が歓迎される人間ではないのだけはなんとなくわかった。

予感は当たり、玲は要川家では〝空気〟だった。

必要最小限、誰も口をきいてくれないし目も合わせない。

愛人の子どもだと思えば要川夫人に無視をされるのは仕方がないにしても、父親であるはずの要川にまで空気扱いされた。

父親はいないと信じて育ったのに、今さら父親がいたと言われても実感はない。悲しいと思わなかったのは、そのせいだろう。

成長して愛人の意味や妾腹の立場が理解できたころ、ハッキリとわかった。

母は、愛されたから愛人になったわけではない。

家政婦のなかで一番古く、唯一玲に接してくれていた老年の女性が、辞めると決まったときに母の話をしてくれた。

赤ん坊のころに施設の前に捨てられていた母は、そのまま施設で育ち、高校を卒業してから要川家で住みこみの家政婦として働きはじめた。

『明るくて優しい、笑顔がかわいい子だった』

話をしてくれた女性が褒めてくれたように、家政婦仲間には自分の子どもや孫のようにかわいがられたらしい。

若くてかわいい女の子。——ほどなくして、当時社長だった要川の手がついた。

のちに妊娠が発覚し、手切れ金を持たされ追い出されたのだという。

身寄りのない母のこと、追い出されてからは生きることに必死だったのだろう。お腹の子どもをどうしたらいいかも決められないまま、産むしか道はなかった状態になっていたのかもしれない。

つらかっただろう。けれど、そんな思いをしても、母は生まれてきた玲をとても愛しんで育ててくれた。

そのおかげもあって、玲は自分を不幸だと思ったことがない。明るく前向きなのが取り柄だと自分でも感じている。

要川家での生活は本当に針の筵だし、毎日のように由隆には「馬鹿」を連発されるし、やることが気に喰わなければいやがらせをされた。

そんな環境で、玲はいつしか、この家とかかわりを断ってやろうと考えるようになっていたのである。

――玲は、ちゃんと自分を愛してくれる人に出会ってね。

母が望んだように、自分を愛してくれる人に出会えるように……。

「……ここにいる限り、絶対そんなの不可能だもんね……」

玲になにかしらの出会いがあっても、間違いなく由隆に邪魔をされるだろう。

二十五歳になる今までそんな出会いは一度たりともなかったのが、幸いというか残念というか。

写真立てを手に取り、微笑みかけてくれる母を見つめる。玲が五歳のときの写真、そこに写る母は若々しくてとてもかわいらしい。

このとき二十五歳だった母と、玲は同じ年になった。長年考え続けてきた計画を実行するのは、やはり今しかない。

「一緒に、この家と縁を切ろうね。わたし、頑張るからね」

パソコンのモニターにはふたりのイケメンが並んでいる。

標的は、二階堂春騎。

この優しい面立ちの男の秘書になってハニートラップを仕掛け、玲の頼みを聞いてくれるくらい骨抜きにしてしまえば作戦は成功だ。

見るからにフェミニストっぽいし、性格もおだやかそう。誰からも好かれる〝いい人〟タイプならば、仲よくなるのは得意だ。

どんどん親交を深めて、親密な関係を築いて……。

――それから?

心の問いにハッとする。

楽勝と浮かれていた空気が一気に吹っ飛んだ気がした。

「ハニートラップ……?」

写真立てを置き、ジッとモニターを見つめる。

冷汗がにじむ。何気ない疑問が生まれた瞬間、底知れぬ不安が胸に去来した。

(ハニートラップって……どうやるの？)

恋愛経験がまったくないどころか、玲は処女である。

特定の男性と、性的な意味で仲よくなる方法など、知っているわけがない。

——とんでもない問題に、激突してしまった……。

履歴書をＷｅｂで提出した翌日、面接日の連絡がきた。

ひとまず書類選考には合格したようなので、第一関門突破である。条件や資格などについては杞憂に終わったようだ。

学歴に躊躇するものはなかったが、問題は職歴だった。

玲は現在、カナメレジャーの総務に籍を置いている。

……入社を考えてはいなかったのに、いつの間にか手続きをとられていた。もちろん、玲を下僕扱いしている由隆の差し金である。

会社では目立たないよう、要川家とはなんの関係もありませんという体裁を繕って勤めている。このときほど、藤谷姓のままでよかったと思ったことはない。

とはいえ、職歴にカナメレジャーの名前を出すのはよくない。

内情などなにも知らない一介のＯＬが応募してきたと思ってもらえるかもしれないが、そこは慎重にならなくては。

適当な職場を書いたとしても、相手は大手企業だ、その職場に確認を入れる可能性だってある。それを見越して由隆に根回しを頼んだのだが……。

「地味な仕事しかしてない女が、秘書に応募したら疑われるっていう意味か？　それなら秘書課って書いとけばいいだろう。なんなら常務秘書はどうだ？　バッチリ口裏合わせてやる」

――――馬鹿か……。

口に出したかった。ギリギリ耐えたが話の通じなさに溜め息が出る。だいたい、総務を地味な仕事とか言わないでほしい。

なんとか話を理解させ、カナメレジャーが運営するレジャーランドの事務員ということにしてもらい、住所も由隆の秘書のものを借りた。

書類に抜かりはない。勝負は面接試験である。

ハニートラップについては色仕掛けで相手を籠絡させること、という理解しかできていないし方法なんてまったくわからないままだが、まずは面接試験で合格するのが先だ。

――面接試験の日。

上層階がはっきりと見えないほど高い二階堂ホールディングスの本社ビルを見上げ、気合いを入れて面接に臨む。

たったひとりの面接に使うには広すぎる会議室に面接官が五人。人事の人間三人を挟んで両隣に副社長がふたり。

かなりのプレッシャーだが、ここで怖気づくわけにはいかない。

覚悟を決めて、胃痛がしてくるほど緊張もマックスに達する。――しかし、その緊張は次第にやわらいでいった。

「実はね、私は観覧車が苦手なのですよ。高所恐怖症というわけではないのですが、自分が乗ったゴンドラがてっぺんで停まってしまったらどうしようって考えてしまうんです」

さわやかな笑顔で楽しげに話す、春騎のおかげである。

最初に人事担当者から真面目な質問もあったのだが、今回秘書を募っている副社長兄の質問が「遊園地で好きなアトラクションはなんですか」だったことから、会話が徐々になごやかなものに変わってきた。

アトラクションにはじまって、施設を回りながら食べたいものの話になり、どういったオリジナルグッズがあったら嬉しいかという話になり、一周回ってアトラクションの話題に戻る。

質問の意図が摑みきれない部分はあるものの、カナメレジャーとの業務提携が視野に入っているからかとも思う。なにより春騎の話しかたがとてもおだやかで、なにか尋ねられたらもっと答えたいという気持ちになった。

「副社長、そろそろ」

しかしさすがに周囲も話題を引っ張りすぎだと感じているのかひと言入ってしまい、春騎はやわらかく苦笑する。

「話が長くなってしまいました、申し訳ありません。藤谷さんは聞き上手ですね。つい楽しくなってしまいました」

「とんでもありません。わたしも副社長のお話が楽しくて、もっとお聞きしたいくらいです」

いい印象を持ってもらえたようで、好感触だ。このまま何事もなく終了するのを祈るばかり。

かなり上手くいったような気がしてほくほくしていると、春騎がにこりと微笑みかけてくるのでよけいに期待値が上がる。これは、成功の予感しかない。

「そろそろ終わろうと思いますが、――どうでしょう」

春騎が流した視線の先には、今までひと言も発していないもうひとりの副社長、将騎がいる。顔を向けると視線が合い、怜悧な眼差しにどきりとした。

「俺のほうからひとつ」

初めて声を聞いた。兄のやわらかい話しかたとは違って重みがある。直感的に、油断をしてかかってはいけない人物だと感じた。

背筋を伸ばし気を引き締める。目的人物外ではあるが、仕事でのコンビネーションを大切にしているのなら春騎の意見に反対されないよう印象をよくしておかなくては。

改めて緊張感をみなぎらせる玲に、将騎は如才なく言い放つ。

「では、スカートを上げて脚を見せてください」

一瞬……なんの面接に来ていたのかわからなくなった……。


見せてくださいと言われたから……見せた。

それがなぜ脚であったのかはわからない。

秘書になるのに〝脚〟は関係ないと思うのだ。

おまけに脚を見せたら採用になったのが、さらにわからない。上手く採用されたのだから結果オーライではあるのだが……。

やはり、気になる。

「副社長、質問してもよろしいですか？」

面接会場を出て将騎の執務室に向かう途中、斜めうしろから本人の様子を窺いつつ尋ねる。立ち止まることも振り向くこともなく、すぐに「なんだ？」と返ってきた。

「面接で、なぜ脚だったのでしょうか？」

「気になるのか？」

「はい。二階堂ホールディングスの事業内容には、脚に関係するものはなかったように思えます。それとも、これから必要になることだったのでしょうか」

「必要、か。そうだな、これから必要ではある」

「なにか新しいプロジェクトですか？　もしやアパレル業界に参入とか」

興味はあるが、少々立ち入りすぎかもしれない。秘書としては採用が決まったばかりだ。新プロジェクトだとしても、こんなときに歩きながらする話ではないだろう。

するとと、将騎が立ち止まり軽く振り向いた。

「いいや。俺の目の保養になるか否かだ」

「はっ？」

地で不審そうな声が出てしまい、さりげなく咳払いをしてごまかす。当の将騎はハハハと軽く笑いながら、また歩きだした。

（目の保養？　は？　それで脚を見せろって？　なに、そのセクハラ発言！）

事前に二階堂兄弟の人となりを調べたが、セクハラやパワハラに関した情報はなくクリーンなイメージを持っていた。それなのに、これでは「目の保養になる脚だったから採用にした」という意味にとれてしまう。

将騎はまだ軽い調子で笑っている。仮にも副社長秘書だ、そんな理由で合否を決めたりはしないだろう。これはきっと冗談に違いない。

これが冗談ならば、なぜ脚だったのかという疑問がふりだしに戻るが、ひとまず保留にしたほうがよさそうだ。問い詰めても真面目には答えてくれない気がする。

黒い豪華なドアに【副社長室】と表示された金属プレートがついている。ここが将騎の執務室らしいが、副社長はふたりいるのに来客が間違うことはないのだろうか。

「お疲れ様です。副社長」

将騎がドアを開けたのと同時にねぎらいの声が聞こえる。あとについて中に入ると、出入り口に近い場所に置かれたデスクからひとりの男性が立ち上がった。

年のころなら三十代前後だろうか。将騎よりは年下に見える。スーツ姿は普通だが、茶髪なのが少々意外だ。

茶髪が悪いという意味ではなく、この場にはどこか不釣り合いな印象を受けたのである。

「春騎さんの秘書はどうなりました？」

「決まった。とても優秀な男だ」

「男？　面接は女性では？」

「面接にきた彼女は俺の秘書にする。春騎の秘書は、とりあえず守屋、おまえがやっていてくれ」

将騎が親指で玲を示すと、守屋と呼ばれた男性は目をぱちくりとさせ、将騎と玲を交互に見た。

将騎が玲を自分の秘書にすると決めたとき、春騎が自分の秘書はどうするのかを尋ねた。

「うちの守屋を回す」と言っていたが、この呆気にとられている茶髪の男性が現在の秘書、守屋らしい。

「……なにがどうしてそうなった」

「なるべくしてなった」

「なるべくして……って、将騎、おまえなぁ～」

急に口調が砕け、守屋はデスクを回って将騎の前に立つ。こうしてみると将騎と同じくらい背が高く、なかなかに整った顔をした男性だ。

整った、というか美人だ。かわいいアイドル系の顔立ちではないだろうか。こんなところでスーツに包まれているより、モデルにでもなったほうがよっぽどいい気がする。

だが悲しいかな、将騎と一緒にいると彼のイケメン度がぐんっと下がるようで、意識して見てあげない限り〝その他大勢〟にしか見えない。

(友だちがイケメンすぎて自分の価値を無駄にしているモブ、って感じの人)

口に出さないのをいいことに、少々ひどい見解である。

守屋が軽口をきいても将騎はまったく気にしていない。いつもこんな感じならば、秘書ではあるが友人同士という可能性もある。

「そういうわけだから、守屋はしばらく……いや数日、春騎の面倒をみてくれ」

「数日？」

しばらく、を数日に言い換えたのが気になったようだ。春騎は守屋のことを「厳しすぎる」と言っていたし、秘書の募集は続けるのかもしれない。彼が納得いく秘書を見つけるまでという意味だろうか。

（そうなったら、この守屋さんはどうなるんだろう。他の重役秘書になるとか？　辞めさせられるとかじゃないよね？）

まるで玲が守屋の仕事を横取りしたみたいではないか。恨まれるのは御免蒙りたい。もしそんなことになりかけたら、全力で彼の雇用継続提案をしよう。

ひとり秘かに決意を固めた玲だが、そんな彼女の想いを知りもせず、勝手すぎる会話が聞こえてきた。

「彼女、いつまで続くかわからないだろう。明日からこないかもしれないし。もって数日だ。それまでに春騎が秘書を決めて、おまえは戻ってくればいい」

「ああ、なるほど」

「ちょっとちょっとちょっとぉっ！　勝手に辞めるって決めないで！」

いつまで続くかわからないなんて、思っていても本人の前で言うことではない。おまけに心の裡で庇った守屋まで納得している。

あまりのことに反応してしまったが、これは少々慌てすぎだ。副社長の前でとる態度ではないし、採用取り消しにでもされたら大変だ。

急いで取り繕おうと表情を改める玲を見て、守屋が声をあげて笑いだした。

「いい反応っ。そうだよな、普通はその反応だよ。正直でいい！」

「は……はあ……ありがとう、ございます」

なんだかわからないが褒められてしまった。守屋は笑ったまま将騎の肩をバンバン叩く。

「珍しく気取りもしなけりゃでっかいネコもかぶってない、素直な子じゃないか。生意気そうでおまえの好みだな」

褒められた……のだろうか。気取らず素直だ、ともとれるが、生意気そうとは心外だ。

——脚を見せろと言われて受けて立った時点で、生意気ではあるのかもしれない……。

「そうだろう。面接でなかなか骨のある受け答えをしたから、これは面白いと思って採用した」

将騎も否定しない。やはり生意気だと思われているのか。

「へえ、なにを言ったんだ？」

「スカートを上げて脚を見せろと言ったら、動じることなく目の前にきてテーブルに脚をのせた。なかなかの強者だ」

またもや目をぱちくりとさせた守屋が玲を見る。

「君……なかなかやるね」

「み……見せろと言われましたので」

そうとしか答えようがない。こちらは採用されるために必死なのだ。

「つまりは女性としての羞恥心をかなぐり捨ててでも採用を勝ち取りたかったということだろう。そのくらい度胸とやる気があったほうがいい」

将騎の言葉に、やっと溜飲が下がる。面接でスカートを上げて脚を見せろと指示するなんて、セクハラ面接も甚だしい。こんな大企業の、それも敏腕副社長といわれている人間のやることではないと感じていた。

そんな質問をした理由を聞けば「目の保養」などとふざけた回答をする。

だが、これが本当の理由なのだろう。将騎は、玲の面接にかける意気込みと窮地に立たされた際の度胸を試したのだ。

あんなことを言えば将騎の人格が疑われるというのに。それでも彼は、この会社で仕事がしたいという切なる気持ちを見たかったのかもしれない。

(方法はともかく、度胸とやる気を確認したかったたってことなんだよね。さすが〝攻めの弟〟って言われるだけのことはある人だな)

うんうんと納得する。将騎への印象がかなりよくなったところで、守屋が探るように聞いた。

「で？　本当の採用の決め手は？」

「好みの脚だった」

「だと思ったー」

またもや楽しげに笑いだした守屋が将騎の肩をバンバン叩く。叩きすぎだとは思えど将騎がまったく動じていないので、これが日常なのかもしれない。

(目の保養って言ったのは冗談じゃなかったのか……)

せっかく感心していたところだったのに。なにか反応したほうがいいか迷っていると、守屋が顔を向けた。

「ところで君、名前は?」

「藤谷玲です。守屋さん……先輩にはいろいろと教えていただくことも多いと思いますが、よろしくお願いいたします」

「教えること……かあ。そんなにないと思うよ。こいつ、結構なんでも自分でやるやつだから」

「なんでも……」

「なんでも。スケジュール管理とかアポ取りも将騎のほうが上手い」

……秘書がついている意味とは。

「それでも、将騎の秘書には秘書にしかできない大事な大事な仕事があるから。それは上手くこなしてよ」

「大事な仕事……ですか。仕事はすべて大事ですよ」

「いいねいいね、その強気でいくところ。ますます将騎の好みだね」

脚が好みだの、強気なところが好みだの、ますます採用基準が怪しくなってきた。秘書として採用されたのか、好みだから採用されたのか。

(でも……好みっていうのは都合がいいんじゃないか)

玲の目的は秘書に採用され近づいて、ハニートラップを仕掛けることだ。標的は将騎なのだから、玲の性格が将騎の好みなのはとってもいい傾向ではないか。

手玉にとるという目標に希望の光が射してくる。ぐぐっとテンションが上がってきた。

(こんなキリッとした顔しているくせに、強気な女が好きなんだ？　もしかして実は支配されたい系？　M属性の人？　じゃあ強気でガンガンいけば、あっという間にハニトラ成功？　やった、わたし大勝利！　ってことは、女王様スタイルとかに弱いのかな。そういえば女王様スタイルって脚丸出しだよね。網タイツにハイヒールだっけ？　……え？　待って、いかがわしい女王様好きって由隆と同じ趣味じゃないの？　キッショ！！！！)

上がったテンションが急降下する。

顔に出ていたのか、将騎の修正が入った。

「言っておくが、仕事に対して強気な人間が好ましいという意味だ」

「……はい、承知しております」

「間があったな」

「副社長のご説明があと一秒遅かったら、あらぬ誤解に染まりそうでした」

「疑うなら辞めてもいいが？」

「辞めませんっ。たとえ本当に副社長が強気な女王様好きでも、脚フェチの変態でも、辞めませんっ」

ムキになって言い返す。ちょっと言葉がよけいだった気もしたが、本人がまったく動じず気にしていないようなのでよしとする。それどころか「女王様も脚次第だな」と真面目に答えられてしまった。

「じゃあひとまず、おれは春騎さんのところに顔を出してくるから。藤谷さん、あとはよろしくね」

そう言い残して守屋が副社長室を出ていく。

将騎のことは呼び捨てだが、春騎のほうは「さん」がついている。兄弟ふたりと親しいが、将騎とは友だちだというところだろうか。

守屋がいなくなると、今まで彼が座っていたデスクに将騎が片手をついた。

「君のデスクはここになる。雇用に関する手続きの関係で、配属は一応……秘書課、ということになるが、基本的には俺の専属で仕事をしてもらうので出社したら直接ここに来てこの席に座る」

「直接こちらにですか？」

「そう。君は俺に関する仕事だけをこなす。他のことはしなくていい。君の上司は俺だけという意味だが、わかるかな?」

「会社に属さない個人秘書、ということですね」

「そのとおり。呑みこみが早くて結構だ。他になにか質問は?」

「秘書課に配属とのことですが、挨拶などは必要ですか?」

「必要ない。便宜上配属という形をとるだけだ。君は、この部屋に出社してひとりで仕事をすればいいだけ」

つまりは、他の社員とかかわる必要はないという意味だ。将騎の執務室が玲の職場で、彼に関すること以外、考える必要はない。

専属だからと思えば納得もいくが、考えようによってはずいぶんと拘束的で孤独な立場ではないか。

——だが、これはこれで好都合だ。

(執務室でいつもふたりっきりってことでしょ! ってことは、ハニトラ仕掛け放題じゃないですかっ!)

ふたりきりになれる機会は多いほうがいい。

いくらふたりきりだからっていつでもハニトラを仕掛けられるわけではないし、チャンスが多いに越したことはない。

「考えかたによっては、気の合う同僚も女子トークができる先輩もくだらない話で笑わせてくれる上司もいない、ひとりで仕事をこなす孤独な環境だ。寂しいしつまらないと感じるなら辞めてもいい」

さすがにピクッと眉根が動いた。なんだろう、妙に「辞めてもいい」を連呼されているような気がする。

(辞めさせたい？　それならどうして秘書に選んだ？　それとも孤独な仕事環境に耐えられないと思うなら辞めてもいいと、最初に気遣いを見せただけ？)

いやがらせだろうと気遣いだろうと、そんなのどちらでもいい。ハッキリしているのは、ここで引くわけにはいかないということだ。

玲はにこりと微笑んで将騎の言葉に応える。

「では、わたしにとっての気の合う同僚や女子トークができる先輩やくだらない話で笑わせてくれる上司というものは、すべてひっくるめて副社長になりますね」

「……笑わせられるかはわからないが？」

「笑わせてください。そうしたらお返しに、わたしも副社長を笑わせます」

「ほう」

感心した相槌なのに、表情が冷たい。これは馬鹿にされているのかもしれない。

お返しに笑わせますとか調子のいいことを言ってしまったが、将騎を笑わせるのは難しそうだ。

「俺は春騎ほど笑わない。残念だったな」

「あちらの副社長は、とてもにこやかな方ですね。遊園地のアトラクションのお話をされるとは思いませんでした。なにか……意味があったのでしょうか」

軽く探るつもりで話題を選ぶ。仕事の関係で情報を集めたがっているようなら、カナメレジャーとの提携をかなり意識しているのではないだろうか。

「にこやかではないほうの秘書にされて残念だったな。いやなら辞退していいぞ」

違う。そんな反応を期待したのではない。

（なんか話が喰い違うな）

玲がしたい話と将騎がふってくる話の内容が喰い違ってばかりだ。ことあるごとに辞めてもいいと言われては、どうして秘書に選ばれたのかわからない。

仮に、本当に脚が好みという理由だったにしても、目の保養にしたいから選んだはずの脚に辞退してもいいなんて言うだろうか。

玲は軽く息を吐き、改めて将騎を見る。

「残念ですが、わたしは辞めま……」

そのとき大きな音をたててドアが開き、勢いよくひとりの女性が飛びこんできた。

「将騎！」

鋭い声を発して歩み寄ってくる。誰が見ても怒りにあふれている感じだ。女性は玲を見て目を見開き、足を止めた。

(なんだろう。ヘンな予感しかない)

それというのも、女性の玲を見る目が親の仇でも見ているかのように敵意にあふれているからだ。

目鼻立ちがハッキリとした典型的な美人顔。スラリと背が高く、スタイルもいい。間違いなく初対面だし、恨まれる覚えはない。

なんとなくいやな予感がするのは、彼女が親しげに将騎の名前を呼びながら飛びこんできたことと、そのとき将騎と玲がふたりきりでここにいたこと。

思い違いでなければ、これは……。

「なに!? 誰、この女!」

(やっぱり修羅場ですか!!)

ただならぬ関係の女性の奇襲である。

ブランド物のスーツをお洒落に着こなしているところが仕事をするという雰囲気ではなく、おそらくこの会社の社員ではないだろう。

なんの用があってここまで来たのかは知らないが、タイミングが悪すぎる。

興奮気味な彼女を歯牙にもかけず、将騎はサラッと答える。

「俺の秘書だ」

「秘書？　なに言ってるの、将騎の秘書はあの茶髪でしょう。だいたい、あなたが女の秘書なんかつけるわけがないじゃない」

あの茶髪。せめて名前で呼んであげてほしい。

一見知的な美人だが、そんな配慮も忘れてしまうほど怒っているのか……単に口が悪いのか。どちらかだ。

彼女はハッとした顔で玲を見る。

「わかった。秘書だってことにしてこの女をそばに置くつもりなんでしょう。最近連絡をくれないと思ったら、やっぱりそういうことなのね！」

面倒になりそうな連絡はマメにお願いしたいものだ。

誤解だと口出ししてもいいものだろうか。しかし痴話喧嘩に口出しをしてよけいにこじれるパターンもある。

ここは黙って将騎の出方を待つのが得策ではないか。

(そうそう。揉め事に首を突っこんだってロクな目に遭わないんだから)

傍観者を決めこもうとしたとき、いきなり将騎に腕を引っ張られ肩を抱かれた。

「そんなところだ。だが、仕事中だとわかっていて言いにくるようなことではないな。呆れるほどくだらない」

「くだらないって……、将騎が連絡をくれないから……！」

「する必要がない。それだけだ。出ていきなさい、目障りだ」

　上手く使われているのを感じるが、もう少し言いかたというものがあると思う。そんな冷たい口調ではなく、もっと平和的に解決できそうな配慮はないものか。

　そっけなさすぎる塩対応で追い出そうとしているのは将騎なのに、彼女はずっと玲を睨んでいる。

（勘弁して……）

　このまま膠着状態が続いたらやりきれない。そう考えていたのは彼女も同じだったのかもしれない。玲から目をそらしプイッと顔をそむけた。

「今日は帰るわ。じゃあね」

　そう言うと、入ってきたときと同じ勢いで出ていく。将騎が深い溜め息をついて玲の肩から手を離した。

「副社長、今の女性は……」

「気にするな。慣れないと仕事にならない」

「慣れないとって……、まさかですけど、あの方、そんなに頻繁に怒鳴りこんでくるんですか？　わざわざ会社に」

「彼女に限ったことじゃない。ああいった輩を捌くのは、これから君の仕事になる」

「は……？」

「守屋も言っていただろう。大事な仕事があると」

――――将騎の秘書には秘書にしかできない大事な大事な仕事があるから。それは上手くこなしてよ。

思いだすのはそんな言葉だが、まさか今のが、その大事な大事な仕事なのか。

(イケメンなのをいいことに、とんだ女ったらしですねっ!)

口から出そうになるのをぐっとこらえ、心の裡で絶叫する。ようは女性関係の後始末をさせられるということか。

「立ち入ったことをお聞きしますが、今の女性は恋人とか将来を約束した相手とか、そういった類の女性ではないのですね」

「まったくない。世の中には思いこみの激しい女性が多くて困る」

「……誤解させるようなことをするほうが悪いのでは……」

「勝手に誤解するからどうしようもない。こっちは普通に対応しているだけなのに」

やれやれと言いたげに息を吐き、軽く左右に首を振る。たったこれだけの動作のなかにも憂うイケメンの艶っぽさがにじみ出ていて、そういったものに免疫がない玲にとっては目の毒だ。

彼にとっての普通の対応がどういうものかはわからないが、ちょっと優しく話しかけられるだけでも心が浮つくレベルの男前だとは思う。いや、話しかけられたくらいで先ほどの女性のように特別な関係を感じさせるほどの誤解はしないだろう。

だとすれば、それ以上の対応があるということだ。

(女ったらしというか、女好きなのでは……)

女好きというのは言葉が悪いが、くるもの拒まずな男なのだとしたら……。

(え？　じゃあ、上手く迫ってその気にさせて、あっという間にハニトラ成功？　やった、わたし大勝利！)

本日二度目の大勝利への確信。そんな玲に、将騎はそっけない言葉をかける。

「まあ、そんな仕事内容はごめんだっていうなら、今回の話は諦めるんだな」

「諦めませんよ。尻拭いは得意です」

玲が即答したので将騎は一瞬言葉を失ったようだ。しかしすぐに、ふっと狡猾な笑みを浮かべる。

「その意気込みが、明日まで続いているといいな」

なんとなくムッとしたので「わたし、持久力あるんですよ」とにこやかに答えておいた。


要川邸に戻ると、疲労感が一気に襲いかかってきた。

「疲れたぁ……」

自室のベッドに転がり力を抜けば、全身が石のように重くなりまったく動けなくなる。

(なんでこんなに疲れたんだろう)

おかしな面接内容ではあったが無事採用されたし、さっそく明日からの出社も決まった。

仕事内容的には専属の個人秘書のようなもの。将騎が言ったように同僚や先輩が存在しない孤独な立場かもしれないが、玲の使命を考えれば好都合ではないだろうか。

玲はいわば、ハニートラップを仕掛けにきたスパイのようなもの。極力、会社の人間とはかかわり合いにならないほうがいい。

目的を達成するための階段を確実にのぼったのに。疲れるよりは、むしろ張りきってしかるべきなのに。心も身体もとんでもなく重い。

原因はわかっている。嘘だらけの自分が負担になっているのだ。

副社長にハニトラを仕掛け、カナメレジャーが有利になるよう仕向ける。その目標のためにたくさんの嘘で自分を固めた。

理由はどうあれ、人を騙すという行為は神経をすり減らすものだ。

大きな息を天井に向かって吐き、デスクの上の写真立てに目を向ける。そこでは母が優しく微笑みかけてくれていた。

「……頑張ろう」

母に励まされ決意を新たにする。

頑張ろう。この家から出るために。母の望みを、守るために。

ハニートラップだけが心配だが、ようは色仕掛けだ。やればなんとかなるだろう。

今日の様子を見ていても、兄のほうはわからないが弟の将騎は少々女にだらしがないようだ。

あの容姿だ。くるもの拒まずなのかもしれないが、女が怒鳴りこんでくるほどだ、後片づけというか女性に対してのフォローが足りない男なのではないか。

期待させたまま、というのはよろしくない。

くるもの拒まずなのは、個人秘書という立場を利用して終始そばにいられる玲には好都合だ。

（ハニトラ決めて、要川とオサラバしてやるんだから！）

意気込んだ瞬間、スマホから通知音が響く。なにかと思えば由隆からだ。「進捗があったら教えろ」という文面が見て取れる。

面接に合格したことをメッセージツールで報告しておいたのだ。

二階堂ホールディングスという大企業の、それも副社長秘書に採用されたなんてすごいことなのだから「よくやった」のひと言くらいあってもいいようなものだとは思うが、由隆にそれを求めるほうが間違いだろう。

「はいはい、わかりました」

溜め息交じりの返事をしてスマホから手を離すものの、少し考えこみ、再び手に取って由隆に返信した。

既読スルーどころか既読もつかないとなると、まるで親の仇にでも会ったかのように怒鳴り散らすので手におえない。

(無視されると、わたしに馬鹿にされてるとか思って腹がたつんだろうな)

素早く送った「承知しました」のひと言に、すぐ既読がついた。

素晴らしいほどの素早さ。画面を睨んで既読がつくまでの秒数をカウントしていたのかと思うとうんざりする。

「がんばろ……っと！」

勢いをつけてベッドから起き上がり、胡坐をかく。スマホを握ったまま力強くガッツポーズを作った。

やるしかないのだ。

女好きにハニトラを仕掛ければいいのだから、楽勝である。

志気を高め、やる気満々で挑んだ翌日――。

「なんだ、本当に来たのか」

……いきなり、テンションが下がる言葉で迎えられた……。

黒く重厚なドアの向こうには、将騎がひとり、立ったままタブレットを見ていた。昨日と同じように品のいいスーツ姿で、完成度が高すぎる顔面を少々曇らせながら。

曇ってはいるが驚いているようにも見える。まるで玲が出社したのを意外に思っているかのよう。

（イケメンは……驚いてもイケメンなんだな……）

くだらないことを考えつつ彼に近づく。コホンと空咳をする素振りを見せながら、彼のタブレットをさりげなく覗いてみた。

（スケジュール？　今日のかな？）

「わたしは昨日、副社長の秘書に採用をいただき、そのうえで出社時間を教えていただきました。言われたとおりに来ただけですが」

受けて立つと言わんばかりに強気でいくと、曇っていた顔が口角を上げる。

「そうか、そういえばそうだったな。採用されたのが俺のほうだから、てっきりこないかと思ったが」

「なぜです？　わたしは仕事がしたくて面接を受けたのです。確かに募集は二階堂春騎副社長でしたが、二階堂将騎副社長に採用していただけました」

「優しくて話が合う、二階堂春騎副社長に採用してほしかったんだろう？　春騎に近づきたかったから」

ドキリとして言葉が止まった。

近づきたかった、という目的を彼は知っているのか。まさかハニートラップを仕掛けにきたことに気づいているのでは。

焦りで口元が引き攣りかけたとき、大きな音をたててドアが開いた。

「おはようございますっ。将騎～、やっぱ昨日の子……えええっ!?　いるじゃん！」

ハイテンションで入ってきたのは守屋である。楽しげだった口調は玲の姿が視界に入った瞬間驚きに変わった。

歩調を速めて近寄ってきた守屋は身体をかたむけて玲を覗きこむ。

「君、藤谷さん、来たんだ？　てっきり辞退の連絡がくると思っていたのに」

「先ほど、副社長にも出社したことを驚かれました。わたしは昨日、そんなに仕事をしたくなさそうな態度だったのでしょうか」

不満のある態度をとった覚えはない。確かに将騎より春騎のほうがやりやすかったとは思ったが、採用になっただけいいのだから文句など言っていられない。

しかし将騎は、玲が春騎に近づきたくて秘書に応募したのを察している。どういうことだろう、会話のなかでなにかミスをしただろうか。

それを考えると動悸がしてきた。唇を引き結んで、動揺を表に出さないようにするのに必死だ。

「だってさ、優しくてイケメンな副社長狙いできたら、厳しくておっかなくて女の扱いが雑で、おまけに面接でセクハラかましてきた男の秘書にされちゃったんだよ。仕事内容を聞いてみればお留守番と勘違い女の後始末係だし、愚痴を言ったり女子トークができる同僚はいないし。挙句の果てには勘違い女が会社に乗りこんでくる。そんなやつの秘書に、誰がなりたいって？　いくら給料がよくたって、ごめんだろう？」

守屋の説明は実に親切丁寧だが、これだけだと将騎がとんでもないクズ男に聞こえてくる。実際、女性関係より取り見取りなら間違いではないだろうが。

ここまで言われても将騎の顔色ひとつ変わらないということは、やはり守屋は将騎の親友ポジションなのかもしれない。

個人秘書までやっているのだ、かなり親しいのだろう。

だが、現在、将騎の秘書は玲である。

秘書として、今の〝暴言〟を放置してはいけない。

「僭越ですが守屋先輩、言葉を改めてください。わたしに不信感を持たれるのは結構ですが、副社長を示す言葉が適切ではありません。たとえそれが真実であっても軽々しく揶揄すべきではないと思います。守屋先輩は将騎副社長と親しいようですので気にならないのかもしれませんが、わたしは〝将騎副社長の秘書として〟おおいに気になります。副社長に失礼です」

言い放ったあと、——室内に沈黙が満ちた。それも男性ふたりが目を見開いて呆気にとられているようにも見える。

（……まずい……やっちゃったかな……）

要川家にいるうちについた癖だ。

必要以上に馬鹿にされたりないがしろにされたりしたときに、真実とよけいな道徳観で殴り返す。間違ってはいないのだが、場合によってはウザいのでよく由隆を怒らせてしまう。

これから近づいていかなくてはならない将騎に胡散臭がられたら、ハニトラは難航を極めるだろう。なんとかこの状況を回避しなくては。

「君さ……」

腕を組んだ守屋が、真剣な顔で玲を覗きこんだ。

「病気の母親とか大学進学を控えた弟とか彼氏の借金をかぶって風俗に売られそうな妹とかいる？」

「いっ、いませんよっ、なんですか、それっ」

いきなりのたとえがすごすぎる。守屋はさらに詰めてきた。

「昨日あれだけの目に遭って、めげもせず出社したうえに将騎を庇う。しっかり稼がなきゃならない理由があるから我慢して働こうとしてるとしか思えない」

「母は十歳のときに他界しておりますし、父も弟も妹もおりません。天涯孤独な身の上ですのでご承知おきください」

「えっ？　そうなの？　ごめんっ」

あまり出したくない話題ではあったが仕方がない。しかしおかげで守屋は二の句が継げなくなったようだ。

「わかった、もういい」

そして山が動く。

軽く息を吐き、将騎が玲に向き合った。

「春騎の秘書になりたかった、というわけではないのか？」

「先ほども言いましたが、わたしは仕事がしたくて面接を受けたのです。募集していたのが春騎副社長だっただけで、将騎副社長が募集していても同じように面接を受けました。どっちがどうだから秘書になりたいとかなりたくないとか、そういうのは一切ありません」

「面接の際、春騎に話しかけられてずいぶんと嬉しそうだったが？」

「募集しているご本人ににこやかに話しかけられて、仏頂面をする人間はいないのでは？印象をよくしておきたいのは当然です」

「俺の秘書でもいいと？」

「むしろ、なにが問題でそのようなご質問をされるのかわかりません」

「秘書の仕事なんぞ、つまらないものばかりだ」

「副社長がほったらかしにした女性を捌いていけばいいんですよね。ご安心くださいい、やらかしの後始末は得意です。前職にやらかしては押しつける上司がいましたので」

由隆のことである。

公私ともに何度尻拭いを押しつけられたか……。

「昨日も思ったが、君は思いきりがいいな」

「ありがとうございます」

将騎はふっと口角を上げると、自分のデスクへ向かった。

「その思いきりのよさが気に入っての採用だったが、さらに気に入った。守屋、俺の好みのコーヒーの淹れかたを教えてやってくれ」

「承知いたしました」

とは言うものの、溜め息ついでにやれやれと言いたげな返事だ。「キッチンはこっち」と言われ彼のあとについていくが、普通は給湯室ではないだろうか。

「執務室とくっついてるから、廊下に出る必要はないよ」

その言葉のまま執務室の奥の扉を開く。

「は？」

思わず声が出た。

そこにあったのは、まぎれもなくキッチンだ。給湯室ではない。大きめのシンク、ＩＨクッキングヒーターには大きなオーブンもついている。レンジフードはもちろん、作業台も大きく、食器棚に大型冷蔵庫まであった。

モダンでお洒落な、まるでショールームの最新機種を見せられているかのような空間。玲が要川家で使っている、使用人用の〝台所〟とは雲泥の差である。

「……なんですか、このオシャレ空間」

「オシャレ空間って、面白いこと言うね。普通のキッチンじゃん。むしろ狭いよ」

アハハと笑いながらキッチンに入っていく守屋を背中から睨みつけ、ひとつ悟る。

（あっ、この人もいいとこのお坊ちゃんだ）

これを普通のキッチンとは。さらに狭いとは。これより大きくて広いキッチンが普通である家に生まれた人間としか思えない。

考えてみれば、二階堂ホールディングスの御曹司と親友なのだ。同じレベルの人間なのは当然である。

「驚きました。普通に給湯室かと思ったので……」

守屋が開いた棚の中には、コーヒーをはじめ紅茶やココア、ジャスミンティーなども入っている。彼はそこからコーヒー豆が入った瓶と小型のコーヒーミルを取り出した。

（会社でも豆を挽いて淹れてるんだ。さすが大企業の御曹司。こだわりますねぇ）

心の中で茶化しつつ、守屋が作業台に置くのを眺める。

「あっ……、手動ミルじゃなくて、粉になっているのを出したほうがいいか」

「大丈夫です。本格コーヒーの喫茶店でバイトしたときは手動ミルを回してました。わたし、挽き加減の調節も上手いですよ」

守屋が気を使いかけたのでひと言入れる。すると、またもや目を丸くして見られた。

「……もしかして、人の借金かぶってバイト三昧だったとか……」

「その発想やめてもらえますか……」

「冗談冗談」

軽快に笑いながらコーヒーカップを出す。食器棚の中にはデザイン違いの煌びやかなカップがそろっていた。おそらく副社長個人の来客にでも使用するのだろう。

(その気にさせた女とかかな……。こんなオシャレなカップで最上級のイケメンにもてなされてたら、そりゃあ期待もするでしょうよ)

つくづく罪な男である。

溜め息をつきたいのをこらえ、守屋の動きを見守っていると、彼はちゃっちゃと豆を量ってミルに入れた。

「それにしてもさ、君みたいに〝普通の人〟は久しぶりだよ。いや、初めてに等しいかな」

「普通って……。こちらの社員さんは怪獣かなにかなんですか」

「君、面白いね」

ひと笑いして、ミルのハンドルを回しながら話を続ける。

「ここの副社長兄弟、いろいろと思惑のある女秘書をあてがわれがちなんだよ。どういう意味か、わかる？」

「あ～、はい」

すぐに見当はつく。いわゆる縁談相手、嫁候補として、取引先や縁故にしている企業の令嬢が送りこまれてくるという意味だろう。

「僕が将騎の個人秘書についているのはそういうのを避けるためでもあったんだけど、それでもときどきねじこまれるんだよね。将騎は仕事に厳しいし、同行なんかしたらハードスケジュールもいいとこだし、そんじょそこらのお嬢様じゃついてこられなくてすぐに辞めてしまう。将騎はそのへんの撃退がお手のものでね。だから、君みたいな〝普通の人〟は本当に珍しい。それも昨日今日と『気に入った』って言われている。すごいよ」

「光栄です」

内情を知る人に褒められると、照れるというかいい気分だ。これは将騎の懐に入りこむのに有利ではないか。

「よっぽど君の脚が気に入ったんだね」

「……こ、光栄です」

返事に困る……。

(脚？　脚なの？　本気で脚なの？)

気に入ってもらえるのはいい。しかしそれは脚だけなのだろうか。話していた印象では玲の思いきりのよさを気に入ってくれた雰囲気もあるのだが。

それに「脚が好み」とかセクハラめいたことを言ったのは、玲を撃退する手段のひとつではなかったか。

ふと、あることを思い立ち守屋を見る。彼はペーパーフィルターに移したコーヒーの粉にお湯を投入するところだった。

「お聞きしてもいいですか？」

「なに？　お湯の温度？　蒸らす時間？」

なかなかのこだわりではあるが、それよりも聞きたいことがある。

「将騎副社長は『お手のもの』だそうですが、春騎副社長はどうなんでしょう？　おだやかな方ですし、人を無下にできない印象でした」

「いいところに気がついたっ。将来有望、エライっ」

「あ、ありがとうございます……」

調子が狂う。こういう性格なのだろうが、真面目な話が続かない。

「春騎はまったくダメなんだ。君が言うとおり、優しくて無下にできない。だから将騎が追い払ってあげてるって感じ」

守屋の言葉に、なにかがひらめきかける。確定ではないにしろ直感が働いた。

「それって……！」

「はーい、これで終了。わかった？　これが将騎好みの淹れかた。ちなみにブラック。どんなときでもブラック。なんなら『二倍』って凶悪な顔で言われたときは豆増量でエスプレッソも裸足で逃げだすくらい濃くしてやって」

「かえって身体に悪いのでは……」

「身体に悪いって言われたところで、素直に聞くと思う？」

「思いません」

「よし、賢いっ。将来有望、エライっ」

「ありがとうございます」

褒められたので、一応礼を言っておく。

しかし、ひととおり彼が自分でやってしまった。バイトの経験からなんとなく淹れかたのこだわりはわかったが、今まで教えられた人がいたとしたら、見せられただけではわからなかったのではないだろうか。

（見て覚えろタイプか）

なにかあれば大げさに褒めて相手を持ち上げる。技を盗めなくて落ちこんでも、いい気分にさせてやる気を出させる。まるで職人のようなやりかただ。

少々チャラい印象だったので、意外な部分を見てしまった。

「じゃあこれ、将騎に持っていってあげて。朝の一杯。だいたい将騎が先に出社してるから、出社したらなにをするよりも最初にコーヒー」

「わかりました」

さざ波のレリーフが優美なマイセンのコーヒーカップをトレイにのせる。欠けさせたら弁償かと思うと慎重さに磨きがかかった。

「カップは、いつもこれなんですか?」

大きなマグカップでコーヒーを飲む身分でもないかと思いつつ聞いてみる。守屋は当然のように答えてくれた。

「うん、だいたいそれか青い模様が入ったほう。あっ、君もなにか飲むときはここから好きなカップを選んで使っていいよ」

笑顔でうなずき、玲はトレイを手にする。一脚ウン万円のコーヒーカップを仕事で使えと言われても、気が休まらないに決まっている。

(自分でマグカップ持ってこようかな……)

そんなことを考えつつキッチンを出る。デスクでは将騎がパソコンに向かっていた。

キッチンで守屋の意外な一面を垣間見たが、もうひとつ、意外な可能性に気づいてしまった。

――もしかしたら、将騎副社長は思ったより優しい人なのかもしれない……。

玲は将騎をじっと見つめる。

厳しげな横顔。造形がよすぎて作り物のよう。この完璧すぎる人間を籠絡しなくてはならないのだ。

(やらなきゃ。副社長が、思ったとおりの人なら……わたしにだって勝機はある)

将騎の横で立ち止まり、にこりと微笑む。

「副社長、コーヒーをお持ちいたしました」

――ハニートラップ、開始である。

＊＊＊＊＊

「今回は守屋先輩が淹れたのでいつもと同じ味だと思いますが、次回はわたしが淹れます。楽しみにしていてください」

目の前にいつものコーヒーが置かれる。

ただし、運んできたのはいつもの守屋ではない。

斜めうしろでにっこりと笑うのは、昨日採用したが、どうせ今日は辞退願だけがきて本人はこないだろうと踏んでいた藤谷玲だ。

キッチンから出てきたので、てっきりデスクの前に立つかと思ったが、背後に回って斜め横からコーヒーカップを置いた。

「君は、前職でも上司にコーヒーを出すときに背後から出していたのか？」

「前職で、ですか？　いいえ、デスクの端に置いて立ち去っていました」

「なぜ今、背後からきた？」

「副社長のデスクはとても大きくて立派です。前に回って端に置いたのでは、副社長が飲みたいときにわざわざ立ち上がって手を伸ばさなくてはなりません。ですので、こちらから失礼させていただきました」

答えながらデスクの前に回った玲は、ハッとしてから真剣な顔をする。

「背後に回ったからって、いきなり攻撃などいたしません。ご安心ください。うしろをとられるのが苦手なのですね、覚えておきます」

（……俺は侍かなんかか……）

冗談だと思うが、本気かもしれない。本人はいたって満足そうだ。

将騎は、今まで縁談目的で秘書として送りこまれた娘たちを思い浮かべる。

コーヒーを運ばせればデスクの前でくねくねとシナを作り、近くに置こうとわざわざ身を乗り出してカップを倒した者もいた。なにより許しがたかったのは、香水やらコスメやらのにおいがコーヒーの香りの邪魔になっていたことだ。

デスクに視線を走らせれば、コーヒーカップはそれほど近くもなく、だからといって遠くもない位置にある。仕事を進めるのに邪魔にならず、かといって欲しいときに手を伸ばせばすぐに取れる場所だ。

絶妙な位置である。これは偶然だろうか。

コーヒーのコク深い香りは玲がキッチンから出てきたときから漂っている。背後に立ったときも、それは消えてはいなかった。

「藤谷さんは、香水をつけていないのか？」

「香水ですか？　はい、つけていません」

「なぜ」

「そうですね……。香りの種類がよくわからないし……少ししか入っていないのにいいお値段がするから、ですね」

噴き出しそうになったのを、とっさにこらえる。まさかここで価格を問題視されるとは。

質問に考えこんだ玲だったが、ハッとしてトレイを胸に抱く。

「えっ？　わたし、なにか不快なにおいがしますか？　衛生面には気をつけているつもりなのですが。香水とか、つけたほうがいいのでしょうかっ」

急に必死になる様子を見て、再び噴き出しそうになる。奥歯を噛みしめてこらえた。

「いや、そういうわけではない。かえって、不快なにおいが漂ってこなくていい気分だ。そのままでいい」

女性に限らないが、体臭に言及されるのは恥ずかしいものだ。安心したのだろう。玲はホッとして笑顔を見せた。

「承知いたしました。副社長をいつも気持ちよくできるように、努めさせていただきます」

言葉の選択を間違えたと思えばいいだろうか。聞きかたによっては、かなり意味深なセリフだ。本人はわかっているのか。

（まさか……無自覚？）

だがその可能性はある。昨日、脚を見せろという要求に素直に従ったことを考えても、ただ思いきりがいいだけではないのかもしれない。

昨日のことを考えて、ふと思い立つ。将騎は立ち上がるとデスクを回って玲の前に立った。

「藤谷さん、脚を見せてくれ」

「かしこまりました」

(即答!?)

まったく躊躇する気配がない。昨日は面接だから印象を悪くしないために従ったのだとしたら、今の場合は一瞬でも戸惑いがあっていいようなもの。

(やはり、無自覚なのか……)

玲はきょろきょろとあたりを見回すとトレイを床に置く。

「ここしかないですね、失礼します」

言うや否やデスクの上にひょいっと腰かけ、片脚を真っ直ぐに伸ばしたのである。

「これでよろしいですか?」

セミタイトスカートから伸びる、膝からつま先までの脚線美。——思わず、パンプスを脱がせたい衝動にかられた。

「……スカートは、明日から膝上丈で」

「承知いたしました。目の保養になれということですね。短くしてまいります」

(だから、その即答!!)

なにか反抗してくるかと踏んでの要求にも、玲は真面目な顔で即答する。

これは無自覚で片づけていいのだろうか。将騎にとっては喜ばしいが、あまりやると怒られる気がする。——守屋に。

「うわぁ、なにやってんの玲ちゃん！」

予想どおり、キッチンから出てきた守屋が駆けつけてくる。玲の脚を下げさせると「デスクに座らないっ」と注意をした。

「将騎もなにやってるんだよ、朝っぱらからっ。あっ、朝じゃなきゃいいのか、とか言うのはナシだからね」

「目の保養。藤谷さんも承知したが？」

守屋はデスクから下りた玲に厳しい顔を向ける。

「玲ちゃん、駄目だよ、あんまり将騎を甘やかしちゃ。なんでも言うことをきいてあげたら駄目だからね」

「は、はい、……わかりました」

将騎を駄々っ子扱いする守屋龍星（りゅうせい）、彼は二階堂兄弟の幼馴染だ。

同い年であり、大手旅行会社の三男坊である。

リゾート観光業界大手の二階堂ホールディングスとは古いつきあいで、守屋は将騎の個人秘書と実家の会社の役員を兼任している。

守屋に秘書になってくれと頼んだのは将騎だ。気心が知れていて仕事がやりやすいというのが一番の理由だが、春騎と将騎、この兄弟の性格をとてもよくわかっていて、忖度なく意見できるというのも重要な理由だった。

「もう少し教えることがあるからキッチンにおいで。玲ちゃんって料理はする？」

「はい、しますよ。自炊してるので」

「偉いね。キッチン、自由に使っていいからね」

「そうなんですか？　カレーとか作っちゃおうかな」

「春騎さんの執務室まで香ってきたら、おすそ分けをもらいにすっ飛んでくるよ」

「ぜひ」

　ふたりで笑いながら再び執務室の奥へ向かう。急に親しげになったというか、守屋の「玲ちゃん」呼びはなんなのだろう。

　謎にモヤッとしたものが湧き上がってくる。ふたりが楽しげだとか、ひとり取り残された気分だとか、そんな理由ではないだろう……とは思う。

　ふたりを見ていると、急に玲がくるっと振り向いた。

「副社長、副社長も、わたしにお気遣いくださることなく呼びかけてくださいね。守屋先輩は呼び捨てなのですから、わたしのことも呼び捨てで結構です。わたしは、将騎副社長の秘書ですから」

　なにを思ってそんなことを言ってきたのかはわからない。もしかしたら守屋が親しげに呼んでいるのを、将騎が不快に思っているとでも感じたのだろうか。

　——なかなか、勘がいい。

将騎はふっと口角を上げると、片手を腰にあてる。

「では、キッチンの説明のあとは、簡単に本日の業務の説明をする。いいな、玲」

「れっ、……名前っ？」

「呼び捨てろと、玲が言っただろう」

「名前のほうとは思わず……」

「守屋が名前なんだから、俺が名前で呼んでなにが悪い。玲のボスは俺だろう」

「そ、そうですね」

よほど予想外だったのだろう。迷いなく脚をさらす度胸はあるのに、名前を呼ばれてあたふたしている。

（どうしてそんな……）

しかし、予想外だったのは将騎も同じだった……。

仕方がないなと言いたげに苦笑いを浮かべて将騎を見ていた守屋が、玲と一緒にキッチンに入っていく。

モヤッとしかけたものが胸から消えて、軽く息を吐いた。

「危なかった……」

断りもなく玲を気安く呼んでいたことは減点だが、守屋が出てくるタイミングは実によかった。

——玲の脚を見たとき……勃ちそうになった……。

玲の脚の形が理想的すぎる。脳内で思い描いていた理想の脚線。理想は理想であり、現実にはありえないと自分で理解していたはずのものに、奇跡的に出会ってしまった。

脚に性的な嗜好を持つ者にとって、究極の理想に合致した脚に出会うことは奇跡だ。

（すごいことだ。これは絶対に同じ趣味仲間であるエイトリィフィールドの八重樫専務に報告をして、喜びを分かち合わなくては！）

いっとき煩悩の海に沈むものの、将騎はすぐにクールで厳しい二階堂将騎副社長の顔を取り戻す。

デスクに戻り、パソコンの横に置いたタブレットでスケジュールを開く。ふと、ちょうどいい位置に置かれたコーヒーカップが視界に入り、それを手に取った。

珍しく、朝からとても心地いい気分だ。

いつもの味のコーヒーに口をつける。

——次回はわたしが淹れます。楽しみにしていてください。

果たして彼女は、どんな味のコーヒーを淹れてくれるのだろう。

藤谷玲という秘書の存在が、少し楽しみになった。

第二章　手探りの甘い罠

「そちらの件に関しましては、早急に対応いたしますので、のちほどご確認いただけるかと思います。はい、失礼いたします」

よそいきの声で電話を終える。将騎副社長の秘書になって一週間、秘書業務もなかなかサマになってきた。……と、自分で思う。

受話器を置いて顔を上げると、開いたドアに寄りかかった将騎が腕を組んで玲を眺めていた。

――そのたたずまいが決まりすぎていて、グラビアでも見ているかのようだ。

「おかえりなさいませ、副社長」

いつの間に戻っていたのだろう。慌てた姿を見せたくないので落ち着いた顔で立ち上がり、頭を下げる。ひとまずおとなしめの出迎えをするが、玲はすぐにキッと顔を上げた。

「副社長っ、お戻りになる前にご連絡くださいと、お願いをしたと思いますが」

「必要ない。むしろ、なぜ連絡が欲しいんだ」

「お出迎えしたいじゃないですか」

外出の際、将騎は誰も同行させない。採用が決まった日に守屋からも言われたが、内勤以外はほぼひとりで仕事をこなしてしまう人だ。

それが商談にしろ、つきあいにしろ、体力と神経をすり減らして帰ってくるのだから、秘書としていたわるために出迎えがしたい。疲れた将騎の腕にそっと手を添えて、切なげに顔を覗きこむのだ。

『副社長、お疲れでしょう、ソファで少しお休みになっては？』

『ああ、ありがとう。優しいな君は』

身体に添えた手はそのままに、ふたりでゆっくりソファに座りくつろげば、いつの間にか身体が密着し……。

(ほらほらほらほら！　ハニトラへの第一ステップ、完璧じゃない⁉)

心の裡で盛り上がるも、目の前にいる一八〇センチ以上あるであろう長身のイケメンは、ひとりでハードスケジュールをバッサバッサと捌き倒し、疲弊した様子などいっさい見せてくれない。

いわゆる、体力オバケ、というやつだ。

妄想が本当に妄想で終わりそうなショックを顔に出さぬよう、沈みかける表情筋に鞭を打ちながら笑顔を維持する。そんな玲に、将騎は軽く言い放つ。

「ドアの前で黙って待っていたらいいのでは？」

「わたしは主人の帰りを待ち続ける犬ですか」

「銅像になるかな」

ハハハと笑いながら室内へ足を踏み入れる。玲もデスクから出て将騎のあとを追った。

「銅像になったら、副社長はわたしを惜しんでくださいますか？」

「ん？」

「銅像の犬は健気に主人を待ち続け落命しました。わたしも同じ状況になるのなら、忠犬ならぬ忠秘書です」

身体ごと振り返り、将騎は腕を組んで片手を顎に添える。ジッと玲を眺め、真剣な声を発した。

「その脚の損失は惜しいな。銅像でどこまで完璧に再現できるものか。型取りをさせればいいのかもしれないが、ハリとやわらかさが問題だ。そうだな、いっそ保険をかけるか」

（脚に!?　脚にだけ!?）

おおいに追及したいところだが、これはきっと下手にいやがったりしてはいけないやつだ。

だとすれば、どう返せばいい。なにが最適解だ。

将騎の気を惹けるような言葉を出しあぐねているうちに、彼は背を向けてデスクに向かっていく。

この一週間、成果らしい成果を出せていない。つまり、ハニートラップの「ハ」の部分も将騎に仕掛けられていないのだ。

あからさまに身体をくっつけて迫っても、迫った経験どころか迫られた経験も性経験も恋愛経験すらない玲に、上手く誘惑などできるはずがない。

それならまず、将騎に玲を意識させようと考えたのだ。気持ちがこちらに向けば、それが恋愛感情ではなくとも彼に接しやすくなる。

本当は恋愛感情のほうがいいが、こんな女ったらしの極上イケメンが、恋愛スキルマイナス百で色っぽいことのひとつもできない女に特別な感情を持つとも思えない。

なので、人間的に打ち解けてしまえば、多少下手な誘惑だろうと頑張ればなんとかなるのではないか。

……と、いう希望をいだいているのだ……。

(そのためには……そのためにはまず……！　……スキンシップ!!)

スキンシップは有効な愛情表現だ。

脳から愛情ホルモンと呼ばれるものが放出され、安心感や幸福感を高め、互いの信頼関係や絆を深くする。……はずだ。

「じゃあ、あの……！　さわってみますか⁉　脚っ！」

とっさに出た言葉に反応してくれたのか、将騎がぴたりと足を止め、振り向く。

なんということだ。とても驚いた顔をしている。超絶イケメンの愕然とした表情。

（イケメンって……驚いてもイケメンなんだ……）

小さな感動が胸に湧き上がる。しかしその驚く顔に見惚れている場合ではない。この提案の意味を説明しなくては。

「銅像にするとき、ハリとやわらかさが問題なんですよね。さわらないと覚えておけないのでは？　どうせ作るなら、脚だけシリコンでやわらかさを出せば完璧だと思います」

「は？　事故？」

「……事故になる可能性しかない……」

「気にするな、こっちの事情だ」

言い捨てて、将騎はデスクへ向かう。

――スキンシップ誘導作戦、どうやら失敗である。

なかなか思うようにいかない。大きく息を吐きながら床に手をついて落胆したいところだが、それを本人の前でやるわけにもいかず、ひとまず小さな溜め息をつく。

一時休戦だ。帰社したボスのためにコーヒーを淹れようとキッチンへ足を向けると、すぐに将騎の制止が入った。

「コーヒーはいい。書類を取りにきただけだ。すぐにまた出る」

今度は玲が驚いた顔をする。

「どうした？　鳩が豆鉄砲喰らったような顔をして」

「お言葉ではありますが、鳩を豆鉄砲で撃ってはいけないと思います」

「じゃあ、空気銃」

「なぜ変えたんですか？」

「玲が、豆鉄砲ではいやそうだったからだが？」

驚き再び。いやそう、と言われるほどいやがった覚えはないが、それでも玲のことを考えて言いかたを変えてくれたのは間違いない。

（わたしのため？　もしかして、気を使ってあげたい人間になれてる？）

これは大きな進展ではないか。将騎が気持ちをかけてやってもいいと思える人間になれているということだ。

チャンス到来。このタイミングを逃してはならない。

玲は両手で頰を押さえ、恥じらい気味に視線を横に流す。ゆっくりと将騎に近づいた。

「申し訳ございません。まさか、そんなお心遣いをいただけるとは思わず。正直、驚きましたが……光栄です」

「そうだろう、感謝しろ」

かなり控えめな態度で臨んだ玲に、将騎の返しは素っ気ない。

言葉自体は傲慢ともとれるのだが、デスクに置かれた書類を選別しながら事務的に出た言葉なので感情がないのだ。

ボスの心遣いに感動する秘書、を表現したつもりの玲にとって、これは張り合いがなさすぎる。

しかしここで引いてなるものか。将騎の横に立ち、……わずかに身を寄せて、秘書は健気に訴える。

「朝からの外出でやっとお戻りになったのに、またすぐ出かけられるとお聞きして、つい驚いてしまいました。活動的なのはよろしいのですが、少し休憩をとられたほうが。いいえ、休憩してください」

「一日ぶっ通しで動くのは今にはじまったことじゃない。やりたい仕事をしているだけだ。玲が気にする必要はない」

そっけない。

非常にそっけない。

秘書が献身的にここまで心配しているのだから、少しくらい休憩してくれてもいいのではないか。

そんなに心配させて悪かった、くらいの気持ちはないのだろうか。

しかし先ほどは、玲がいやがった言葉を気にしてくれていた。きっと、そのくらいの配慮をしてもらえる人間の枠には入れているのだろうと思いたい。

「い、いいえ、ボスの体調管理も秘書の役目です。副社長はひとりで働きすぎなんですよ。少し休憩してください。お疲れを癒す手段として、なにかお気に入りのものはございますか？　すぐにご用意して……」

「それなら、素足で膝枕でもしてもらおうかな」

――言葉が止まる。

動きも止まった。ついでに大きく目を見開いてしまい……。

将騎が玲を見て、うんうんと納得する。

「鳩が機関銃を喰らったような顔になったな」

……どんな顔だろう。

とんでもなく驚いた顔に違いない。

豆鉄砲やら空気銃やら命にかかわらないもので済んでいたのに、いきなり生死の境に立たされてしまった。

きっと、驚きとおびえが共存した表情だったのではないか……。

「冗談だ。そんな顔をするな。行ってくる」

書類を持ってさっさと歩きだす。ワンテンポどころかかなり反応が遅れてしまった玲は、将騎がドアを開けたときにやっと振り返って頭を下げた。

「いってらっしゃいませ」

——まったく進展がない……。

玲は頭を下げた状態から、さらにがっくりと項垂れる。

進展がないどころか、彼の冗談に動揺してしまった。

あんなセリフ、女ったらしの極上イケメンなら朝の挨拶と同じくらい普通に口から出る言葉だろう。

(そういえば、電話のことを伝えるの忘れてた)

将騎が玲に気持ちを砕いてくれているのかもしれないなどと考え、ハニトラ成功の夢に浮き立ってしまった。

戻ってきたときに対応していたのは彼宛の電話だったのだ。取引先の重役のお嬢さんで、先日の続きはいつなのか確認したい、とのこと。

先日の続きとは……なんの続きだ。

含みを持った口調だったので深くは聞けなかった。おそらく聞いてはいけない内容なのではないかとさえ思う。

たとえるなら、友だちが彼氏とお泊まりデートに行って、その夜どんなにムードたっぷりだったかを語るときのような……。

（きっと、やーらしいことの続き……なんだろうな。女ったらしにもほどがあるのではないでしょうかね将騎副社長っ。いい男なのは認めるけど！　気を抜いたら見惚れるくらいいい男なのは認めるけど!!）

将騎が戻ったら電話があった旨は伝えるが、どうせ自分で折り返しの連絡などするつもりはないのだから、「そちらの件に関しましては、早急に対応いたしますので、のちほどご確認いただけるかと思います」と返した。

もちろん、のちに対応をするのは、玲だ。

今回だけではない。彼宛にかかってくる電話やラブレターのような封書はすべてそんな感じで、それらを捌くのが玲に課せられた重要な仕事なのだ。

波風を立てぬよう、気を使った対応。誠意のある言葉を伝え、封書の返事を代筆し、ときにはお詫びや慰めの意味で花を贈り。女性関係が将騎の仕事の邪魔にならぬよう細心の注意を払って責務を果たす。

そんな仕事ではあるが、傷つけぬよう恨まれぬよう穏便に……となると恐ろしいほど神経を使う。

学生時代、バイトでコールセンターのクレーム処理に明け暮れたことがあるが、それ以上に気を使う。

なんといっても、後々将騎に対して遺恨が残らぬよう対応しなくてはならないのだ。

(より取り見取りなのはわかる。いい男だもん、ほんっと、よほど神様の機嫌がよかったんだなと思うほどいい男だもんね！　けどさ……そんな百戦錬磨の男にハニトラって、本当に可能なのかなぁ!!)

考えれば考えるほどつらくなってくる。

この一週間で、八割くらい無理な作戦なのではという方向にかたむいているくらいだ。

「あの女ったらしに意識してもらうなんて……なにをどうしたらいいんだろう。わかんないよ……」

「へーえ、玲ちゃん、将騎に意識してほしいんだ？」

「ひえっ！」

身体ごと跳び上がる勢いで顔が上がる。まさか誰かがいるなんて思わないし、こんな意味ありげなひとりごとに返事をされるなんて、ありえないと思う前に恥ずかしい。

「そうかそうか、それはいいことだ。うん」

開いたままのドアに寄りかかり、腕を組んで立っていたのは守屋である。ちょうど戻ってきたときの将騎と同じ体勢だが、グラビアもびっくりの完成度だった彼と比べるとやはり見劣りする。

守屋だってイケメンの部類なのに。二階堂兄弟と一緒にいるばかりに……。そう考えると不憫に思えてきて「なんでいるんですか！」と怒る気もなくなった。

とはいえ、訂正はしたほうがいい。なんといっても「あの女ったらし」という言葉は将騎に向けたものだと疑う余地なく理解されてしまっている。

「も、守屋先輩……、いつから聞いていらっしゃったんですか……」

「聞いていたっていうか、将騎がドアを開けたとき、おれ、すでにここにいたんだよね。春騎さんから預かった書類を渡したかったから待ってたんだ。そうしたら玲ちゃんが頭を下げたまま微動だにしないから、それどころか肩を下げて震えてるから、何事かと思ってずっと見ていた」

なんということだ。ひとりごとを聞かれたにとどまらず、落胆し肩を落としたところから見られていたとは。

「そうか、そうか、そうだよな、将騎に興味のない女がこの世に存在するわけがないんだよ。絶対玲ちゃんは強がってるだけだと信じてたんだけど、やっぱりかぁ！　おれの目は正しかった！」

「あ、あの……守屋センパイ……」

言い訳しなくては。せめて「あの女ったらし」に対して釈明をしておかなければ、玲の印象はどん底ではないか。

しかし守屋のこの興奮具合はなんだろう。それもどこか感動していないか。「おれの目は正しかった」というのは、玲が将騎に興味があるのにないフリをしているのだと彼の中で確定したということか。

興味はもちろんある。興味をもって接しなければ、ハニートラップなんて仕掛けられないだろう。

仕掛けたくても仕掛けられなくて難儀しているというのに。

うんうんとひとり納得しながら近づいてきた守屋は、玲の肩を力強く叩いた。

「いいよ、いいと思う。玲ちゃんが将騎に興味を持つのは、非常にいいことだ。おれにとっても春騎さんにとっても、願ってもないことだ」

「はぁ……」

なぜ守屋がこんなに盛り上がっているのかは不明だが、ここで春騎の名前が出てくるのも不明である。

以前、なにかと言い寄られて苦労しているという話を聞いた。それなら、そばにいる女が好意を持つのは歓迎できることではないはずだ。

「それに、どうやったら気を惹けるのかって、玲ちゃんは気を惹く最高の武器を持っているだろう」

「武器?」

その言葉に意識が向く。守屋の不可解な言動にうろたえていたが、続きを聞きたい気持ちがあふれ出した。

「なんですか、武器って。真面目さとか、ですか？」

男性の気を惹く最大の武器といえば色気ではないだろうか。

しかし玲にそんなものはない。昔から、真面目で一生懸命な子、と言われ、それが最大のとりえだった。

玲に言わせれば、真面目で一生懸命というより「悪目立ちしない程度に真面目にやりつつ生きるのに必死だった」が正解である。

「違うよ。まあ、真面目なのは認めるけど。え？　自分でわかってるよね？　玲ちゃんの最大の武器」

「思いきりがいいところ……とかですか？」

「本気でわかってない？　玲ちゃん最大の武器といえば、脚だろう？」

「あ……し……」

武器と言われて、まさか、とは思った。秒で思考の外になった可能性だったが、そのものズバリではあったようだ。

「思いきりがよくて物怖じしないのもいいところなんだけどさ、なんといっても脚なんだよ。冗談抜きで、将騎好みの脚っていう最高の武器を持ってるんだから、それを活用しない手はないでしょう」

「活用……」

と言われても、脚である。

(脚なんて……どうやって活用するの……)

胸を押しつけるとか、身体をすり寄せるとか、そういったあからさまな方法は思いつく。実際〝意中の彼と初デート。彼をソノ気にさせるテクニック〟などメディアの特集を見ても同じようなことが書いてあった。

将騎が脚に興味を示す男性なのはわかっているが、本当に脚が彼の興味を惹く武器になるのだろうか。

「頑張って玲ちゃん、おれも春騎さんも応援するからねっ」

「春騎副社長も、ですか?」

「そうだよ」

初日に話を聞いてから、ずっと考えていたことがある。守屋が春騎の名前を出している今なら、聞けば答えてもらえるのではないだろうか。

「あの……副社長おふたりのことなんですけど……」

「頑張ってっ、玲ちゃん! 君なら大丈夫! 期待してるよ~!」

力強く肩をバンバンと叩かれる。大役を任された新人俳優のような気分になりつつも食い下がろうとするが、守屋は「じゃっ、春騎さんのお守りがあるから!」と言ってさっさと退室してしまった。

今度こそシッカリ閉じられたドアを見つめて、玲は呆気にとられる。

(嵐みたいな人だ……)

アドバイスをしてもらった。……と考えていいのだろうか。

幸い「女ったらし」の部分を咎められることはなかったが、玲が将騎に意識してもらいたいというのは過剰なほどに伝わったようだ。

まさかあんなにも激励されるとは思わなかった。

だが、〝脚〟である。

脚に性的な魅力を感じる人がいるというのは知識の上で知っていたし、将騎に関しても「もしかしたら……」とは思っていた。

それでもなんとなく特殊な嗜好のような気もして、まるで将騎を変態扱いしている気分になるので考えないようにしていたのだ。

しかしこうなってしまうと、それはもう無理かもしれない。

「脚か……」

ふむっと考えこむ。脚なんかどう活用したらいいのだ。

言われたとおりスカートはいつも膝上だし、「玲、目の保養」と言われれば目の前で脚を伸ばしたりもする。

そういうとき、いやらしい目で脚を見る人ならデレデレした顔になるものではないだろうか。デレデレではなくても、鼻息が荒くなったり下半身に反応が出たり……。

自分で考えて恥ずかしくなってきた。顔が熱をもってくるのを感じながら、今まで脚を見せたときの将騎の反応を思いだす。

いずれも冷静に眺めるだけで、特に興奮した様子を見せたことはない……。

(本当に武器になんかなるのかな)

アドバイスが不安になってきた。二階堂兄弟とのつきあいが長い守屋が言うのだから間違いはないと思いたいが、武器になるという実感が湧かない。

だいたい、脚を武器にというのは、どうしたらいいのだろう。

「……踏む?」

脚が好きというより、女王様好きのイメージだ。女王様については採用が決まった日に「脚次第だ」という回答を得ている。

「……蹴る」

これでは本当にいじめられて悦ぶ人のよう。間違ってもそういったカテゴリに分類される人ではない。

「じゃあなんなの……、脚を武器になんてわからな……ぃ」

悲観的になった途中で、ふと……思い立つ。

可能性のあるものがひとつある。成功すれば、少しは玲に邪な気持ちを向けてくれるようになるかもしれない。

少しでは困る。だが、まず、取っかかりを作らねば。

「よし、やってみよう」

悲観的な気持ちを振り払い、玲は準備に取りかかる。そして将騎の帰りを待ったのである。

——終業五分前、やっと将騎が帰社した。

執務室のドアが開いて将騎の姿が見えると、秘書デスクの玲が素早く立ち上がる。

「おかえりなさいませ。お疲れ様です」

「ああ、留守中ご苦労。もう間もなく定時だ。玲も帰る準備をするといい」

「あっ、副社長、待ってくださいっ」

そのまま歩いていきそうな将騎を呼び止める。足を止め顔を向けたところで報告用のタブレットを差し出した。

「本日の業務内容です。いつもとだいたい同じですが、特にトラブルはありません」

「そうか、デスクに置いてくれればいい」

そっけなく言って顔がそれる。今だとばかりにデスクを回った玲は、素早く将騎の腕を摑んで引っ張った。

「お疲れでしょう。こちらを確認しながら少しお休みください」

「報告を見ながら休むというのもおかしな話だ」

「おかしくないですよ」

機嫌よく応接セットのソファの前まで引っ張っていくと、先に玲が端に腰を下ろす。座ると太腿まで上がるスカートをさらに上げ両手でペチペチと素肌を叩いた。

「わたしが膝枕をしますので、少しお休みください」

将騎の眉がピクリと動き眉間が寄る。

慣れない者なら「怒ってる?」と感じる表情だが、違う。

玲にはわかる。これは、どうしようかと迷ったときの表情だ。

――――いける。

自信がムクリと顔を出した。玲は畳みかける。

「素脚で膝枕なら疲れが癒えると副社長ご本人から伺いましたので、お帰りになったら実行しようと準備をしてお待ちしておりました。わたしの業務報告を流し読みするあいだだけでも、どうかゆっくりとお身体を休めてください」

将騎はまだ動かない。切れ長の鋭い眼差しで玲を凝視している。……ように見えて、膝に見入っている。

表情は動かないし、デレデレもしていなければ鼻息も荒くはならない。興奮している要素はないものの決断が早い将騎が言葉を出さないということは、答えはひとつ。

――彼は今、迷っている。

膝枕を受け入れるべきか。「くだらないことをしていないで帰る支度をしろ」と突っぱねるべきか。

疲れを癒す手段として口にした「素足で膝枕でもしてもらおうかな」という言葉を後悔したりしなかったり。とにかく、とんでもない葛藤が将騎の中で繰り広げられているのは間違いない。

仮にも秘書に膝枕をさせるという、内情を知らない人が聞けばセクハラだパワハラだと騒ぎたてそうな行為を、冗談抜きで実行してしまっていいものかと迷っているのかもしれない。

迷わせてはいけない。

上司としての倫理観は、この際捨ててもらわなくては。

玲はさらにペチペチとかわいい音をさせて膝を叩き、少し困った顔で将騎を見る。

「ご不快でしたら申し訳ございません。正直、わたしもかなり恥ずかしいのです。ですが、いつもお忙しくしている副社長に、少しでも癒しになるものをお届けしたい。わたしの膝でよければ、いくらでもくつろいでください。いっそ、後々のためにハリとやわらかさの確認をしていただきたいです」

勝機を感じるあまり、少々調子にのった。一瞬「ここまで言わなくてもいいかな……」とも思うものの、そんな気持ちは将騎がスーツの上着を脱いで向かいの肘掛け椅子に放った瞬間に消え去った。

「わかった。玲の提案にのろう」

軽く首を反らしながら、ネクタイの結び目を指で引いてゆるめる。——その仕草が妙にかっこよく見えてドキッと鼓動が高鳴った。

ソファに片膝をつき、玲に顔を近づける。

「膝、借りるぞ。ハリとやわらかさも確認させてもらう。いいな」

「は、はいっ」

心なしか声が緊張してしまった。

ふたりきりなのに声を潜めた将騎のトーンは、耳朶をくすぐり鼓膜めがけて転がってくる。——それがなぜか、ゾクゾクするのだ。

(なにこれ……)

心臓がバクバクする。呼吸が押し上げられて、玲のほうが鼻息が荒くなりそうだ。

ソファに横たわった将騎が膝に頭をのせる。玲に背中を向ける形で横向きになり、タブレットを見はじめた。

スカートと素肌のちょうど境目に頭がのっている。彼の髪はいつもほどよく流すようにセットされていて、ガチガチではないもののそれほどやわらかい印象はなかった。

それなのに……。

（……髪、やわらか……）

肌にさわる髪質はやわらかく、不快な感触はまったくない。おまけに頬が肌にあたっていてあたたかみを感じる。

なぜだろう、将騎に体温があることにホッとする。人間に接してもらえているのだといぅ実感が湧いて、胸に熱いものがこみ上げた。

玲にとって、自分に指図できる立場の人間といえば由隆だ。それこそ要川家ではロクな目に遭っていないうえに、血が通った扱いを受けた覚えもない。

同じように、玲に指示ができる存在であり、従う義務がある人物。——将騎には血が通っていてあたたかい。

（わたし……どうしてこの人を罠にはめようとしているんだろう……）

ふと、小さな疑問と罪悪感が生まれる。要川家から解放されるため。それはわかっているけれど、胸がちくりと痛んだ。

欲求につき動かされ、片手で将騎の髪に触れる。毛先に向けて指先を動かすと手のひらに髪の感触が伝わった。

「髪になにかついていたのか？」

「……いいえ。思ったよりもやわらかい髪なんだと思うとさわりたくなってしまって……。申し訳ございません」

一応謝るが手は止めない。まるで頭を撫でているような行為だし、大人の男性に失礼ではないかとも思うが、やめたくなかった。

「かまわない。さわりたければさわっていい。さわりたいのは髪だけか?」

「あ……それでしたら、頬をさわってもよろしいですか?」

「頬?」

「はい、膝にあたっている副社長の頬が心地いいので……、さわりたいなって、思ってしまいました……」

「頬が心地いいとか、面白いことを言う。好きにさわれ」

「ありがとうございます」

寛大な配慮である。

戻ってきたときには感じなかったが、将騎はかなり機嫌がいいようだ。

(素肌で膝枕、意外と効果あるのかな)

嬉しくなりつつ、そっと彼の頬に触れる。フェイスラインに指を這わせれば、男性らしい骨格にドキリとするのに、その肌は吸いつくように心地よい。

「……副社長、肌が綺麗ですね」

「そうか？」

「はい、しっとりしていて……吸いつくようです。さわっているだけで気持ちいい」

「……たまに思うが、玲は無意識にすごいことを言うな」

「正直な感想なんですが……。とはいえ、頬に限らず男性の肌に触れるのは初めてなので、これが普通なら、すみません」

「ほら、またすごいことを言う」

肩を揺らし、将騎は喉の奥でクックと笑う。見終わったタブレットを床に置き、頬に触れている玲の手を握った。

「玲の手もやわらかくてあたたかい」

「そうですか？　ありがとうございます」

「細くて……握りつぶしそうだ」

玲の手を握ったまま、将騎の顔が動く。手の内側に彼の唇や鼻が触れてドキリとしたのも束の間、指の根元を唇で挟まれ、ビクッと腰が跳ねた。

「これから脚をさわるから、俺の口を押さえていろ」

「口を、ですか？」

「おかしなことを言わないように、だ」

握られていた手を将騎の口に押しつけられる。唇が指の根元にあるせいか、彼が表情を動かすたびに唇も動いてくすぐったい。

（なんだろう……これ）

おまけに、唇から漏れるかすかな吐息が手のひらに広がって正体不明のもどかしさを感じる。

それにしても、これから脚をさわって「おかしなことを言わないように」とは、なんだろう。もしや脚をさわりながら批評をする癖でもあるのだろうか。

「ンッ……！　ふ、ぁ」

将騎の手が玲の膝頭を包みこむように撫で、――おかしな声が出たのは玲のほうだった。

体勢を考えても彼が使えるのは片手のみ。片方をゆっくりと撫でおろし、足首を掴むように擦り動かしてから、反対側の脚を撫であげていく。

（なにこれ……なにこれ）

玲は必死に、その刺激に耐える。

大きく力強い手の感触は、ややもすれば肌を握りつぶして痛みを与えてきそうなのに、そんな不安はまったくない。

むしろ優しいのに頼りがいのあるタッチが心地いい。彼の手が作る軌跡が、感じたことのないくすぐったさとあたたかさになって広がり……沁みてくる。

「ぁ……ハァ……、ん」

もどかしさがなぜかお腹の奥に広がってきて、鼓動が大きくなり息があがる。脚を撫でられるなんて当然恥ずかしい。そのせいでドキドキしているのだろうと思うが、しかし違うようにも思えた。

ふくらはぎを揉まれ撫で動かされ、まるでマッサージのよう。脚が疲れたときに自分でマッサージをすることもあるが、そんなものとは比べものにならない。

「んっ……ぅ」

唇を内側に巻きこんで、おかしな吐息が漏れないようにする。それでも、どうしようもなく切なげに喉でうめき鼻が鳴るのは止めようがない。

本当は自分の口を押さえたいのに、片手は将騎の口に取られているし、もう片方は握りこぶしを作ってソファの座面に押しつけたまま動かせない。

脚から伝わってくる刺激で身体がもどかしく動きそうになる。それを我慢しようとするとお腹と片手に強い力が入ってしまい、自分の口を押さえようにも押さえられないのだ。

「ん……んんぅ……」

自分でも思うが、喉から出る切ないうめきが……ちょっといやらしい。おまけに上半身が火照ってきた。

(脚をさわられているだけなのに！　なんなの！)

自分の反応の意味がわからない。どうしてこんなにもどかしくてくすぐったくて――気持ちいいのだろう。

将騎の口を押さえている手が熱く感じるのは、自分の手が熱いのだろうか。それとも、彼の吐息が熱いのだろうか。

身体の下になっていて今まで不参加だった将騎の片腕が、唯一届くふくらはぎを撫であげる。両手のひらで脚を包まれるとなんともいえない圧力がかかって、ゾクゾクとした強引な刺激が背筋を駆け上がってきた。

この突発的なものに、不慣れな玲の身体は耐えられない。飛び出しそうになる声を抑えたいのに手で押さえられないもどかしさで泣き声があがった。

「ダメェぇっ……口、ふさがないと……！」

——ヘンな声、出ちゃいそう……！

次の瞬間、将騎が勢いよく起き上がる。両肩を摑まれ引き寄せられて……。

——唇が、重なっていた。

なにがなんだかわからない。ただ、将騎の唇に吸いつかれて出そうになっていた声は出なくなった。

そのことにホッとした瞬間、目の前すぎるところに将騎の顔があり、それもキスをされているという事実に直面する。

恥ずかしさと焦りで、ギュッとまぶたを閉じた。

押されるままに身体がかたむき、ソファに倒される。唇は相変わらず重なっていて、吸いつかれたはずみで開いた唇のあわいから、厚ぼったい舌が口腔内へ潜りこんでいる。誰かと唇が重なっているのも信じられないが、自分ではない舌が口の中にあるなんて、もっと信じられない。

けれど、その舌が口腔内を優しく舐めなぞっていくのが、なんだか気持ちいい……。

「……ん、ぁ、ハァ……」

甘ったれた吐息が漏れる。唇が離れ、ゆっくりとまぶたを上げた。

「せっかく口をふさいでやったのに。そんな声出すな」

ズルい顔でニヤリと笑う将騎が視界に飛びこみ、驚くくらい……ときめいた。

「ん？　玲」

玲の唇を親指で撫で、艶やかな眼差しを落とす。

無意識に腹部に力が入る。腰の奥にきゅんっとした刺激が走って腰が波打った。

「すみませ……、ありがとう、ございます……」

普通の声で言ったつもりなのに、吐息が細かく震えているせいで、なんとも頼りない。

ふっと微笑んだ将騎が玲の腕をゆっくりと引き、一緒に身体を起こす。先に立ち上がった彼は裾を引いてウエストコートを整え、ゆるめていたネクタイを上げた。

「なかなかよかった。一日の疲れが吹っ飛んだ気がする。おかげで残りの仕事が早く片づきそうだ。また頼む」

「は、はい。よかったです……」

乱れた髪を手で直し、まくれ上がっているスカートを引っ張る。

膝に、まだ将騎の頭がのっているような感覚が残っている。思ったよりやわらかい髪や、あたたかい頬。そして、まんべんなく両脚を探る大きな手……。

「あ……副社長、お仕事が残っているのでしたら、わたしお手伝いを……」

考えていたらまたおかしな気分になってしまいそうで、玲は思考を切り替えにかかる。

立ち上がろうと腰を浮かせて……そのまま止まってしまった。

(……え？　待って、嘘……)

ショーツの中が大変なことになっている気配がする。

脚のあいだがぬかるんでひどい。月のものはまだ先の予定なのに、ハニトラのストレスで体調がおかしくなったのだろうか。

「いや、そんなに時間はかからない。実にいい気分だし、さっさと片づくだろう。玲は帰っていい」

「は、はい、承知いたしました……」

自分で手伝うと言っておいてなんだが、断ってくれて助かった。

(スカートに染みてないよね。染みてたらアウトなんだけどぉ！)

今日のスーツは夏らしい亜麻色の麻仕立て。……染みていないことを祈る。

なるべく将騎に背中を向けないように自席へ戻り、玲は急いで帰り支度をした。

＊＊＊＊＊

玲に「さっさと片づく」と言ったのは、仕事ができる副社長ぶったわけでも見栄を張ったわけでもない。

本当に、さっさと片づける自信に満ちあふれていたからだ。

仕事に向けられた情熱はいつも以上だ。これも、理想の脚を撫でまわす機会を得たという幸運のおかげだろう。

――玲は、大丈夫だったろうか……。

最後のメールを送信し、仕事が片づいた瞬間浮かび上がる、玲への懸念。

小さく息を吐きエグゼクティブチェアにもたれかかると、将騎は応接セットのソファに目を向けた。

仕事を手伝うと申し出て立ち上がりかけ、なにかに驚いて動きを止めた、玲。

やっと気づいたのだろう。脚をさわられて感じていたせいで、自分がしとどに濡れてしまったことを。

（ずっとじれったそうに腰を動かしていたから、かなり我慢していたんだろうな）

感じるままに声を出さないよう、必死に耐えているのがわかった。それでもときどき漏れてしまううめき声は、とても甘ったるい。

将騎の口を押さえる手が、太腿が、震えていた。

彼女が声を震わせている様子に堪らなくゾクゾクして、振り向いて玲の顔を見たい誘惑に何度かられたか。

彼女が快感に耐える顔を見たかった。しかし、見てしまったら我慢が利かなくなる、そんな予感がして振り向けなかったのだ。

素足で膝枕。おまけにハリとやわらかさを確かめろと言う。

「殺人的無自覚……」

片手でひたいを押さえ、深く息を吐く。

言葉の端々から感じとるに、玲は性経験がないのだろう。

快感に対して、あまりにも無防備すぎる。おまけに煽っている自覚がまったくない。

男を知らない。それなのに……。

――ときどき、挑発的な態度をとる。

控えめに、こちらの態度を窺うように甘えてみたり、理由をつけては一緒にいたそうにしたり。まるで、自分を見てくれと言わんばかりに……。

いや、本人は挑発のつもりではないのかもしれない。あれだけの無自覚だ、その可能性はある。

玲に自己主張されるのは、いやではない。思惑ありで近づいてくる他の女のように、不快な気持ちにはならない。

それも不思議だが、さらに不思議で仕方がないのは……。

（よく今まで無事だったものだ。あの容姿で、あの脚だぞ！　玲の周囲に男はいなかったのか？　それともみんな不能なのか!?）

将騎など、玲の脚を鑑賞するたびに、海綿体に血液が集中しそうになるのをこらえているというのに。

先ほどだってこらえるのに必死だった。

昂ればどうやったって息は荒くなる。口をふさいでいた玲に気づかれていないか心配だが、自分のことにも気づけないのだから将騎の状態にまで気が回るはずもない。

――ダメェぇっ……口、ふさがないと……！

あえぎたいなら好きなだけあえげ。むしろその声が聞きたい。

――そんな欲望が滾ったが、将騎は膝の感触に後ろ髪を引かれながら身を起こし、玲の唇をふさいだ。

今、彼女のあえぎ声なんて聞いてしまったら間違いなく止まらなくなる。その危機感が、将騎を動かしたのだ。

……ただ、口をふさぐなら手でもよかったものを、衝動的に唇を押しつけてしまった。あまつさえソファに押し倒して……。

自分ではクールぶって「また頼む」などと言ってしまったが、次また同じようなことがあったら……我慢できる自信がない。

（……自信がないことに自信をもってどうする）

こんなに感情が定まらないのは初めてだ。たかが女ひとりに戸惑うなんて。

ドアにノックの音が響く。返事をする前に「将騎君、仕事は終わった？」と爽やかすぎる声が聞こえた。

「このあと予定はある？　一緒に夕食をどう？」

言いながら入ってきたのは春騎である。あまりにもにこやかなのでいやな予感がして声のトーンを落とした。

「ふたりで？」

表情を変えることなく近づいてきた春騎がデスクに片手をつく。見せるつもりで用意していたらしいスマホの画面を差し出した。

前置きの長い食事の誘い、まるでラブレターのようなショートメール。半月ほど前、接待を受けている際に現れた先方の重役令嬢だ。

偶然を装って同席してきたが、〝そういう狙いの接待〟だと悟り警戒はしていた。

いつもどおり春騎が話し相手になってやっていたので、こちらのほうが取り入りやすいと思ったのだろう。

今夜のディナーに誘いをかけられているのは春騎のみだが、「今後のことも考えて弟も同席させたい。よろしいですね?」と返している。断れば誘いが無駄になると悟ってOKしている。本音は春騎とふたりきりがよかったというところだ。

「なかなか丁寧な文面で誘いをかけてくる。春騎の見解はどうなんだ?」

「大学時代は、かなり喰ってたみたいだね。今も治っていない。ただのビッチだよ」

「なるほど。では、それなりに扱っておく。相変わらず情報が早いな。いつ調べたんだ?」

「絶対に食指を動かすと思って、先週のうちに」

スマホを引っこめてにこりと笑う。罪のない笑顔だ。

とてもではないが、狙いをつけた相手の闇に沈めたい情報まで引っ張り出して利用する、そんな仄暗い部分を持った男とは思えない。

「駄目押しのつもりか、ついさっき電話がきて、友だちを連れてくるって言うんだ。多分将騎君対策だと思うけど」

「男女比を合わせればどうにかなると思っているのか。面倒なことをする」

「いつもごめんね」

「春騎が謝る必要はない。おまえが苦手な部分を俺が引き受けている、それだけだ」

「そう言ってもらえてよかった。実は将騎君対策らしきものを講じられたから、絶対に『面倒くさい』って怒られると思ったんだよね。でも守屋君が『今日は多分将騎の機嫌がいいから大丈夫』って。やっぱり彼はよくわかってるね」

ホッとした顔をして教えてはくれるが、守屋がなぜ「将騎の機嫌がいいから」と言ったのかが引っかかる。

――問い詰めたほうがいいかもしれない。

「面倒事につきあってもらうお詫びっていうわけじゃないけど、ちょっと面白いことを教えてあげるよ」

デスクに両手をついてグッと身を乗り出してくる。今にも天板に乗り上げてきそうだ。

こういうときの春騎はいたずらっ子のような顔をする。

守りの兄、攻めの弟、なんて言われ性格に逆な部分も多いが、一応双子なので顔は似ているはずだ。

(俺もこんな顔をするんだろうか……)

ガラではないと思う。なにを教えてくれるつもりなのか知らないが、好きな映画の続編が制作決定したとか、会社の裏庭に仔猫が迷いこんだから執務室で飼いたいとか、そういう勝手にしてくれと言いたくなる話だろう。

……いや、執務室で仔猫は……駄目だ。

「藤谷さんの件なんだけど」

その名を聞いて顔が向く。反応が早かったせいか春騎にクスッと笑われた。

「彼女、いったいどこに住んでいるんだろう」

「履歴書に書いてある」

「毎日、まったく違う方向の電車で通勤しているのに？」

言葉を出さないまま眉をひそめる。将騎の気持ちを察したかのように、春騎は言葉を続けた。

「実家から通っている秘書課の女性が、何気なく教えてくれたんだよ。『毎朝同じ電車なんです』って。履歴書の住所とは方向が違うだろう。だから私も、〝何気なく〟調べたんだよ。――藤谷さんがこちらに示した住所には、中年男性がひとりで住んでいる」

同棲かと疑う場面だが、先を急ぐことはない。春騎がもったいぶった話の進めかたをしているからだ。これは、将騎に悟ってほしいときの話しかただ。

「カナメレジャー本社の、常務秘書が住むマンションの住所だ。もちろん藤谷さんは住ん

「……前職はレジャーランドの事務員だ。それがカナメの持ち物だったはずだが……。親会社の、それも常務の秘書に住所を借りなければならない立場……」

おかしな予感が腹の中で蠢く。

カナメレジャーといえば、以前、こちらになんの得もない事業提携の話を持ちかけてきたことがある。

それでも先方社長の顔を立てて話だけは聞いたが、その場で企画の甘さを「夢物語」と春騎に論破され話はないものとされた。

だがその後、その場にいなかったはずの常務がしゃしゃり出てきて話を進めようとしているという。

カナメレジャーの常務といえば、本来跡取りとされていた要川家の長男だ。どう贔屓目に見ても社長の器ではないことから、常務の地位を与えられ体裁を保っている。

「……玲が使っている駅の近くには、要川家がある、とか？」

「大正解。要川家に住んでいるのをかくすために常務秘書の住所を使った。なぜか。要川と無関係を装うためだ。なぜ装う必要がある？」

「うしろめたい考えがあるから、だな。どうも常務の陰がチラつく。事業提携の話を進めたいばかりに、玲にスパイの真似事でもさせているのか」

毎日の業務連絡をチェックしているが、玲の行動に企業スパイを疑うような点はない。

おかしいといえば……無自覚すぎるところだ。

スパイというよりは……むしろ……。

「春騎」

口元に手をあててしばらく考えこんだ将騎は、春騎にはできない険のある表情を作る。

「玲がなにをしようとしているのか、見当はついた。玲と要川家、なんの関係がある。調べ済みなんだろう？　そこだけハッキリと教えろ。食事についていってやらないぞ」

「それは困るよ。将騎君じゃないと女性の誘いを断れない」

苦笑しつつ、春騎はスーツの内ポケットから細長く折られた紙を取り出す。将騎が受け取ると同時に、知りたい答えをくれた。

「藤谷さんは要川家前当主の不義の子で、体裁のために引き取られた。十五年前だよ。当時、ちょっとした話題になった」

玲が要川家に引き取られた経緯が、渡された調査書にすべて書かれている。

無言で読み進め、将騎は胸の中に光が灯るのを感じていた。

「それなら俺は……我慢しなくてもいいってことだな」

「いじめちゃ駄目ですよ？　不遇な女性なんですから」

「いじめるわけがないだろう。実に晴れやかな気分だっていうのに」

腹の中でもやもやしていたものが消えていく。笑いながら立ち上がると、将騎は調査書を片手で握りつぶした。

＊＊＊＊＊

オーブンの扉を閉めて、あとは焼くだけ。スイッチを入れ、玲はフゥッと息を吐きながら肩を上下させた。

「焼いてるあいだに片づけるか……」

ひとりごち、作業台の上を片づけはじめる。

お手軽クッキーを作っていただけなのでそんなに洗い物もない。幼いころ母と作ったレシピは本当にシンプルだ。

帰宅してから、食事をするより着替えをするより、なにより先にバスルームへ飛びこんだ。自分の身体に起こっていた異変に驚いて、ひとまず身体を洗ってリセットしようと思ったのである。

副社長室で将騎に脚をさわられ、下半身に異変が起こっていることに気づいて慌ててお手洗いに駆けこんだ。てっきり、予定外の月のものがきたのかと思ったのだ。

しかし、違った。

脚のあいだに、ぐっしょりと濡れた感触。スカートは無事だったものの、ショーツにまで染みていた。

あんな経験は初めて。

これは、女性の身体が性的な心地よさを得たときに起こす反応だ。知識くらいはあったが、こんなにもびしょびしょになるものだとは知らなかった。

自分の身体が性的な快感に反応した。その事実が恥ずかしくて、考えると将騎にまさぐられた感触がよみがえってくる。

これでは駄目だ。このままでは朝まで悶々としてしまう。

入浴を終え、夕食の用意をするよりなにより、玲は母と作った思い出のクッキーを作ろうと決めた。

母の思い出に浸りながら作ることで、将騎のことも、脚をさわられて気持ちよかったことも、感じた挙句ショーツをびしゃびしゃにしたことも、ひとまず思考の外にできる。

作戦は大成功。

母との思い出に心は弾み、一緒に型抜きをして笑った記憶に頬がゆるんだ。

「……楽しかったな……なんでもふたりでやったっけ」

ふたりだけの家族。

いつでも、なにをするのも一緒だった。

母が、亡くなるまでは……。

十五年前、要川家に連れてこられてから、玲は恐ろしいほどひとりになった。

与えられた部屋は、屋敷の片隅、当主家族が生活をする母屋と住みこみの使用人たちが生活をする棟の中間地点にある、なんとも微妙な八畳間である。

ベッドや机が置かれてそれらしくしてあったが、今まで物置部屋だったらしく、どんなに整えても長年の埃っぽさはなかなか抜けない。

玲と話をしてくれるのは、玲を連れてきた弁護士と、母が要川家で働いていたころに一緒だった、照子(てるこ)という老年の家政婦だけ。

由隆は早いうちから玲に構ってきたが、あれは話しかけるというより嫌味が言いたい、いやがらせがしたいだけだった。

父親であるはずの男やその妻、腹違いでも兄であるはずの男、そして要川と繋がりのある親族、それらへ玲から接触することは禁じられていた。

つまりは向こうから話しかけられない限り口をきいてはいけない、かかわってはいけないということ。

それどころか、世話をしてくれていた照子以外の使用人にも、ここにはいない人間扱いをされてまともに話をしたことはない。

使用人に関しては、のちに由隆の差し金だとわかった。玲に構ったら即刻解雇すると言われていたらしい。

玲は空気だった。

存在していながら、特に気にかけなくてもいいモノだったのだ。

要川家当主が、自分の立場への驕りと欲望で手を出した愛人が産んだ子ども。

空気扱いするくらいなかったことにしたいのなら、引き取るなんて無駄なことをしなければよかったのに。

引き取られた理由はすぐにわかった。学校帰りに、雑誌の記者を名乗る複数の人間から声をかけられるようになったからだ。

当時、時代のニーズに応えたテーマパークがあたったおかげで業界でも話題の人となっていた要川の愚行が、ちょっとしたスキャンダルになっていたらしい。

【妊娠した愛人を捨てて、生まれた子どもを放置した冷血漢】

【困窮の末に愛人は病死。不義の子に残された道は】

そんな文字が、雑誌の片隅で楽しげに踊っていたようだ。

ファミリー向けの施設をメインに展開していたカナメレジャーにとって、これ以上ない痛手である。

要川は、急いで玲を引き取ることを決めた。

それだから、いきなり要川家に連れてこられたのだ。要川の体裁のため、カナメレジャーの評判をこれ以上落とさないために。

引き取られはしたが、認知されたわけでも養子縁組をしたわけでもない。ただ屋敷にいるというだけである。

空気なのだから、生活スタイルは別だった。キッチンも風呂もトイレも使用人用のものを使い、自分で買い物をして食事を作った。

十歳にして玲が家事全般を習得していることに照子はずいぶんと驚いていたが、玲にしてみれば生きていくためには当然のことだったのだ。

『玲ちゃんは、いいお嫁さんになれるよ』

いろいろと作って照子におすそ分けをすると、いつもそうやって褒めてくれた。

思えば、あのころ唯一玲を褒めてくれたのは照子だったし、照子に褒められると母に褒められているようで妙に嬉しかった。

……もうひとり……玲が作ったものを褒めた人間がいたような……。

「なに作ってるんだ。エントランスまでにおってくるぞ」

「ひゃぁっ」

キッチンの出入り口から、にゅっと見たくない顔が出てくる。――由隆である。

「なんだその声は。僕は化け物か」

「足音がしませんでしたからね、化け物もびっくりですね」

化け物より悪いです……という言葉は呑みこむ。

「食事の用意をしていたんじゃないのか。なんだこれ、クッキー？」

キッチンに入ってくると、作業台を覗きこみ焼き上がり済みのクッキーに目を留めた。

無造作に一枚手に取り、口の中に放る。「一枚もらうぞ」とか「食べていいか？」とか聞いてくれるなら快く何枚か差し出してもいいのだが、これでは天板に落ちたクッキーのかけらもあげたくない。

「ん～、美味いな。甘みを抑えた上品な味だ」

「ありがとうございます」

甘みは確かに控えめだ。粉本来の風味と牛乳のほのかな甘みくらいしかない。砂糖を入れれば甘くなるのはわかっているが、母と作るとき、節約して入れなかった。

それでも十分美味しいし、食べるときに母が少しだけ皿にはちみつを出してくれて、それをつけて食べるのが好きだった。

うんうんとうなずきながら咀嚼した由隆は、再び一枚口に放りこんだ。せめてひと言断ってほしい。……かけらどころか、天板についたコゲもあげたくない。

昔から、玲が作ったものを勝手に食べては「フンっ、食べられないこともない。味も悪くない」と、褒めたのは由隆だった。

口調から考えて馬鹿にされていると思うのが正解なのかもしれないが、作った料理を馬鹿にされるのはいやなので、褒められたことにしておく。

「芳醇な香りで美味い。高級な粉を使っているな。バターはアレか、フランスのなんとかっていう高級バターだろう」

粉はお菓子作りの強い味方、ホットケーキミックスである。それも小分けで四つ入った大袋タイプだ。

バターなんぞ使っていない。朝食の強い味方、植物性マーガリンを使っている。

芳醇な香り、とか言っているが、おそらくバニラエッセンスのにおいに騙されているとみた。

「おまえは馬鹿だが、昔から料理の腕はいいよな」

「おそれいります」

(どっちが馬鹿だ！　この味音痴！)

もうひとりの自分が由隆を指さし心の裡で叫ぶ。

「先日の角煮も美味かった」

「あー、れいぞうこからなくなってたんですよねー。ゆたかさまがもっていったんですねー」

ゆで卵も一緒に漬けて、味を染みさせて食べようと楽しみにしていたのに。仕事から帰ってきたら冷蔵庫から消えていた。

由隆が持っていったのだとわかってはいるが黙っていたというのに。自分から白状してくれるとは。

あろうことか、由隆は三度(みたび)クッキーを口へ放りこむ。

からしを練りこんだクッキーをプレゼントしてあげたい。一周回っていっそ特別製を食べさせたくなってくる。

「おまえさ、昔っから料理が上手かったけど、どうしてだ？　ほら、こっちと食事は別だっただろう。てっきりおまえの世話をしていた家政婦が作ってるもんだと思ってたけど、飯の用意も自分でしてるって聞いて驚いたことがある」

なんだか珍しいことを聞かれてしまった。というより、由隆に子どものころの話をされるなんて初めてではないだろうか。

そんなの関係ないでしょうと言ってやりたいが、料理が好きな人間は「上手い」という言葉に弱い。そんなことないよと照れつつも、いやな気分にはならない。

現に今も、答えてやってもいいかなと気持ちがぐらぐらしている。

「……母が、朝から晩まで……夜中まで仕事をかけ持ちして働いていたので……。少しでも母の助けになりたくて、幼いころからなんでもやれるようにと思って。料理も作れるように覚えようと……」

「夜中も働いてたのか？　そんな、夜中の仕事って……あっ、風俗か、やっぱりソッチなんだなっ。女の仕事で手っ取り早いのはソレだもんな」

カチンとくる、とはこういう気分だ。由隆がそういう人間なのはわかっていたのに、素直に答えた自分が恨めしい。

「深夜の仕事って、由隆様御用達のそういったお店だけじゃないんですよっ。コンビニとかカラオケ店とかサウナの掃除とかっ。女手ひとつで頑張って子育てしてる母親を、なんでもかんでもそういういやらしい目で見るのはやめてください」

言ってしまってから、ちょっと言いすぎたかなと思う。

間違ったことは言っていない。しかし由隆は、自分の言葉に意見された、「玲のくせに！」と子どものような因縁をつけるだろう。

「……それは、ちょっと……言いすぎた」

予想外すぎる言葉が帰ってきて、玲は口を半開きで目を見開く。

こんな顔を将騎に見られたら「鳩が機関銃を喰らった顔」と言って笑いそうだ。

（でも……冷静に考えて、機関銃なんか喰らったら死んじゃうよね）

次に機関銃を例に出されたら、「十中八九、鳩が落命してしまうのでやめてください」と返してみよう。

なんにしろ、いつも発言に問題がありすぎる由隆のこと、言いすぎを指摘されて反省するのはいいことだ。

なんだかんだで由隆だって三十歳だ。自分の立場を考え直して、跡取りとして気持ちを切り替えていこうという境地に立っているのかも……。

「でも、夜中に親がいないっていうのはアレだな。変質者が狙い放題だ。それともセキュリティバッチリのマンションだったのか？」

……かも……しれないといい方向に考えようとした自分が、浅はかに思えてしまうほどの問題発言である。

（やっぱり駄目だ！　この男っ！！！！！）

「子どものころに住んでいたのは、老朽化が進んだ取り壊し一歩手前のようなアパートでしたよ！　でも大家の老夫婦がことのほか優しくて、孫のようにかわいがってもらったんですよ！　そのおかげで、母が夜中や早朝の仕事に行っているときもさみしくなかったんです！　ほんっとに、優しい優しい老夫婦で、わたしが『お母さんの役に立ちたい』って言ったら、料理や裁縫、掃除の豆知識、いろんなことをたっくさん教えてくれたんです！　感謝しても感謝しきれませんよ！」

由隆への苛立ちも込めて一気にまくしたてる。

「だから、ここにきても、……ひとりでなんでもできていたんです。由隆様もご存じでしょう、なかなかいませんよ、生活費をもらって自活する小学生」

玲を自分の汚点だと思っている要川は、要川家の人間として同じラインに立たせるのをいやがり、照子を通じて毎月の生活費だけを渡してきた。

世間体を繕うために住む場所を与え、学校に通わせる。生活費を渡すから、あとは自分でなんとかしろということである。

いくらお金をもらったって、所詮は小さな子どもだ。要川は、玲が途方に暮れて野垂れ死んでくれればいいと思っていたのかもしれない。

しかし想定以上に生活能力がついていたため、玲にとってこの環境は願ったり叶ったりだったのだ。

大学を卒業して就職するまで、それは続いた。

大学二年生のときに要川が他界したが、大学を卒業するまでと遺言に記されていたため一応会社を引き継いだ叔父が振りこんでくれていた。

オーブンが焼き上がりの音楽を奏でる。なにか言いたげな由隆を気づかぬフリでやりすごし、手にミトンをはめながらオーブンに近づいた。

「この家じゃなくても十分に生活できる。引き取られる原因だった父様も死んだ。だから、縁を切って出ていきたいってことか」

「そうですね。わたしがここにいなくちゃならない理由は、前ご当主様が亡くなられたときに消滅しました。もともと、要川家と縁を持ってはいけない人間ですから」

クッキーは美味しそうな色になっている。ホットケーキを焼いたときの優しい香りがして口元がほころんだとき、いきなりうしろから肩を摑まれ引っ張られた。

「きゃっ……！」

摑みかけていた天板をとっさに離す。危なく落としてしまうところだった。

肩越しに顔を覗きこまれ、内臓に冷水を浴びせかけられた気分になる。眉を吊り上げ、狂暴な顔をした由隆と目が合った。

「そんなに出ていきたいなら、さっさとハニトラを成功させろ。馬鹿面引っ提げて呑気にこんなもん焼いてる場合じゃないだろう。この馬鹿がっ」

「それは……！　て……手作りクッキーをコーヒーと一緒に出してみようかなと思って。女らしさアピールですっ」

母との思い出に浸りたかったと言うわけにもいかず、ハニトラ頑張っていますアピールに切り替える。

実際のところ、手作りクッキーなどで懐柔できる人ではないだろう。

……女らしさアピールになるのかも、いささか疑問だ。

「ふんっ、まあいい、とにかく急げ。押し倒して踏みつけてやれば勃つんだから、酒でも飲ませてヤっちまえ」

「……押し倒して踏みつければ、とか……それは由隆様では。というか、最後のご提案は犯罪ですよ」

「できないなら、この家からは出さない！　当然、アレもおまえには戻さないからな！」

乱暴に玲から手を離し、キッチンから出ていこうとする。……が、一度引き返してクッキーを三枚ほど取ってから出ていった。

キッチンが急に静かになる。由隆の捨てゼリフに思考が白くなったが、気を取り直してオーブンから天板を出した。

「ん～、いい焼き色。いいにおい。やっぱりお母さんと作ったクッキーが一番だなあ」

テンションを戻すために口にするものの、耳に残ってしまった捨てゼリフがそれを許してくれない。

要川と縁を切る。〝母と一緒に〟この家を出るのだ。

この家にいるのがいやなら、家出だってなんだってできた。それができなかったのは……母の遺骨が要川家の墓がある寺で管理されてしまっているからだ。

自分ひとりが逃げるなんてできない。母も一緒でなくては……。

思い出のクッキーが涙でにじみそうになる。まぶたを閉じて首を左右に振り、天板を作業台に置いた。

一枚口に入れる。焼きたてはあたたかくて、サクッというより、ほろっとした触感。

「……副社長……食べるかな……」

女らしさアピールとかそんな媚びた考えではなく、この優しい食感を味わってほしい、そんな、やわらかな気持ちだった。


翌日、出社して将騎の顔を見た瞬間、腰の奥がずくん……と重くなった。

それがなんであるかを確認しないまでも、直感で「これはきっといやらしい反応だ！」と悟る。

考えこんでは顔に出てしまう。将騎のほうは憎らしいくらいいつもどおりだというのに。

即行でキッチンへ逃げこみ、コーヒーを淹れながら深呼吸を繰り返して心を落ち着ける。

保存容器に入れて持ってきたクッキーを二枚ほど透明な小皿に盛り、コーヒーと一緒に出した。

「これは……クッキー？　珍しいものが出てきた。戴き物か？」

そのままスルーされてもおかしくないところ、将騎は書類から顔を上げてすぐに気づいてくれた。

「はい、あの、昨日、帰宅してからわたしが作ったものです。上手く焼けたのでお茶うけにどうだろうと思いまして。勝手にお出しして申し訳ございません、気が進まないようでしたらこのままにしておいて……」

言葉の途中で、将騎はクッキーを一枚手に取り食べはじめる。少し大きめの型で作った星形のクッキーは、あっという間に形のいい唇の中へ納まってしまった。

「甘さ控えめで食べやすい。それに、すごく好きな香りがする。これはホットケーキだな。もしかして、ホットケーキを作るときの粉で作ったのか？」

「よくおわかりで……」

目を見開いて驚いた顔をすると、将騎にプッと噴き出された。

「鳩が機関銃喰らったような顔をするな。こっちは猫の抜き型か？　生きものの形は食べづらいな……食べるけど」

今度「鳩が機関銃喰らったような顔」なんて言われたら「十中八九、鳩が落命してしまうのでやめてください」と返すつもりでいたのに。そんな顔をやめられないまま、言葉も出てこない。

（なんで……なんで……？）

将騎が、とても優しい表情で玲が作ったクッキーを食べてくれているからだ。

その表情に見惚れる。

優しい表情といえば春騎はいつ見ても長閑で人のいい顔をしているが、将騎だとまったく違うおだやかさを感じる。

胸の奥をギュッと摑まれたような心地よい圧迫感と、そこで、とくん、とくん、と刻まれる鼓動とは違うもの。胸が熱くて、将騎から目が離せない。

とはいえ……このままぼんやりと彼を眺めているわけにもいかず、玲は感情をリセットするためにも無理やり話題を振る。

「あ……の、よくわかりましたね、粉……。好きな香りとおっしゃっていましたけれど、副社長はホットケーキがお好きなんですか？」

「ああ、好きだ。子どものころ、よく春騎と一緒に作った」

「一緒に、ですか？」

「どっちが上手く焼けるか競争して、焼きすぎて実家の使用人の夕食がホットケーキパーティーになったことがある。言っておくが、焼き色は俺のほうが上手い」

自慢げな様子が、なんだか子どもみたいだ。見ているとくすぐったくて、玲はクスクス笑ってしまった。

「俺は甘すぎるものは苦手なんだが、春騎は甘いほうが好きで、俺が切ったホットケーキに少しだけはちみつをつけて食べていると文句を言う。ホットケーキは皿に溜まるくらいメープルシロップをかけたほうが美味しいと」

「あっ、それならわたしも、このクッキーに少しだけはちみつをつけて食べるのが好きです。これ、幼いころによく母と作ったものなんですけど、お砂糖を入れないので」

「母親と作った？　そうか、じゃあ、思い出の味だな」

「はい、思い出の……」

――大切な、思い出の味だ……。

意図せず脳裏に浮かぶ、幼いころの思い出。

朝から晩まで働き詰めだった母。それでも、少しでも時間があれば玲につきあって勉強を教えてくれたり、一緒にクッキーを作ったり……。

成長して、ずっと心の中で渦巻いていた想い。

玲は母が愛した男の子どもではない。望まぬ妊娠の果てに生まれた子どもだ。憎まれたって、八つ当たりされたって不思議ではない立場だったはずなのに。

母は玲を愛しんでくれた。

玲も、母が大好きだった。

「玲？」

「あ……」

呼びかけた将騎が席を立ったのを見て、ハッとする。

目に涙があふれていた。一筋頬を伝い、ぽたりと胸元に落ちた気配を感じる。

「申し訳……ございませんっ……。わたし、なにを泣いて……」

クッキーの話をしているうちに、母との思い出が引き出されてしまった。慌てて下を向き涙を拭おうとすると、そばに来た将騎に両手を摑まれ止められた。

「副社……」

顔が上がる。すると、目尻に将騎の唇が触れた。

涙を吸い取られ、もう片方のまぶたに彼が出したハンカチがあてられる。

「謝る必要はない。玲が母親を亡くしていることは履歴書の家族欄でわかっていたのに。思いださせるような話をして、すまない」

「とんでもございません……！　十五年も前なのに、感傷的になってしまって、お恥ずかしいです」

「なにが恥ずかしい。大切に思っていた故人を偲ぶことの、なにが悪い」

「……ありがとうございます」

母との思い出を語っても許されることが、嬉しかった。

要川家では絶対に話題にできないし、友だちにもあまり母の話はしたことがない。亡くなった家族の話というものは、他者に大きく気を使わせてしまうからだ。

将騎の手が離れ、玲は借りたハンカチで両目を押さえる。

「洗ってお返しいたしますね。今、代わりのものをご用意いたします」

「玲、今日の夕方の予定なのだが……」

「はい？」

ハンカチを目から外し、将騎を見る。彼が朝のうちに午後の予定まで伝えてくれるのは珍しい。

「午後からの重役会議は、予定どおりにいけば終業近くに終わる。そのあと、玲がいなくては困る会食があるのだが、予定は大丈夫か？」

「なにをおっしゃいます。副社長を困らせるわけにはまいりません。そういうときは、『秘書が必要だから予定に入れておけ』とご指示ください」

秘書が必要なら、取引先との大事な会食だろう。この人に「いなくては困る」と言ってもらえるなんて、それだけで張りきる理由は十分だ。

「よかった。では、予定を空けておいてくれ。会議も無駄に長引かないよう、気を引き締めて進めてくる」

「副社長が言うと、冗談抜きで全員が引き締まりそうですね」

少しでも進行を妨げることが起ころうものなら、剣呑とした目で睨まれそうだ。しかし、それだけ厳粛に会議を進められるということだろうから、いいことである。

それなら、玲だって秘書としてボスを鼓舞しなくては。

「副社長、脚で、エネルギーチャージしますか？」

自分から勧めるのも恥ずかしいものだが、玲の脚で将騎の志気が高まるのだから使わない手はない。

それに、今現在、一番彼の気を惹ける材料だ。

手っ取り早く将騎のデスクに手をついて座ろうとするが、いきなり腰を抱き寄せられた。

「いや、今はいい。今夜の楽しみにとっておく」

「はぃ……」

締まりのない返事が出てしまう。腰を抱かれたのも驚きだが、そのせいで、まるで抱きしめられたかのように身体が密着した。

しかしそれも束の間のこと。玲を放した将騎は、コーヒーを一気飲みすると腕時計を確認する。

「春騎と朝の打ち合わせがあるから、行ってくる。そのまま外出するが、午後の会議までには戻る」

「承知いたしました。いってらっしゃいませ」

背筋を正して見送り態勢に入ると、ドアに手をかけた将騎が今思いだしたかのように立ち止まり、軽く振り向いた。

「ああ、そうだ、昨夜相手をした令嬢が電話をかけてくると思うから、『なにも申しつかっておりません』を通しておけ」

「承知いたしました」

笑顔で応じて、将騎を見送る。

――昨夜相手をした令嬢が……。
いつもやっている仕事だ。なにも気にすることはない。
わかっているのに……。
少し……胸が痛かった――。

第三章　トロトロ甘い勝負の行方

秘書として初めての同行である。張りきらないわけがない。

緊張もしていたが嬉しさのほうが勝っていた。将騎は「玲がいないと困る」と言ってくれた。「秘書がいなくては困る」ではなく。

つまり重要な会食に臨むにあたり、玲がそばにいなくては困ることがある。あの完璧超人が玲をあてにしそうなことといえば〝脚〟ではないだろうか。

脚を眺められるところに玲を置けば、将騎の志気は上がりっぱなしだ。

――不純だなあ……。

いやらしいとも思いはするが、そんなにも気に入られているのはいいことだ。

それに、そこまでして自分を高めながら臨まなくてはならない会食なら、よほど大切なものなのだろう。強気でぐいぐい押していかなくてはならないような……。

もしかしたら、カナメレジャーとの事業提携に関する会食なのでは。昨日の由隆は、早くハニートラップの成果を出せと急いでいた。

憶測ではあるが、その可能性はある。

もしそうなら気まずさはあるものの、やはり盛り上がっている気持ちはかくせない。

様子を見にきた守屋に「なんかご機嫌だね」と言われ今夜の会食の件を話すと、彼は盛大に喜んでくれた。

『そうか～、そうなんだ～、ついに……。いいね、いいね、頑張ってよ！　いや、将騎に頑張れって言ったほうがいいのかな……。でも玲ちゃんも頑張らないとね、へたばらないようにね!!』

喜んでいた、というか……面白がっていた、ような気がしないでもない。

へたばらないようにということは、やはり将騎の同行はハードなのだろう。活動的な人だし当然かもしれない。

気持ちが前向きになって浮かれていたせいかもしれないが、将騎が言った「昨夜相手をした令嬢」らしき女性からの電話も、とても明るく「なにも申しつかっておりません」を伝えることができた。

少し胸がもやもやしたものの、思い出のクッキーを食べながら、これを将騎が気に入ってくれたのだと思うと気分がよくなったので、よしとする。

将騎が戻り、重役会議に臨み、終了後、終業時間前ではあったが会食会場に向かうため車に乗りこんだ。

タクシーではなく彼の車を使うようだったので、アルコールが出る会食ではないのだろう。または飲んでも帰りは代行運転を頼むのかもしれない。

焦ったのは、助手席に座るよう指定されたことだ。

社用車ならば助手席でもうろたえる必要はない。だが将騎の私用車だ。それも有名な外車のグレードが高いほう。

助手席というと特別な響きがあるし、ここには数多くの女性が座ったのではないのだろうか。……そう考えて少しもやっとした。

とにかく、そんな場所に秘書たる身分の者が腰を下ろしていいものか。

「座れ。イイ感じに脚が見えてちょうどいい」

――――納得。

素直に座ったのはいいが、希望どおりに脚が見えて運転する彼の注意力に支障は出ないだろうかと不安になる。

しかしさすがにそのあたりは切り替えができているらしく、ちらりとこちらを見たのは数回の信号待ちの際、数秒だけである。

「眺められないのに近くにいたら、かえってイライラしませんか？」

「自分が気に入っているものが近くにあると、それだけで気分がいいだろう。それと同じだ」

――納得、その二。

気に入っているものと言われてしまった。

玲がそばにいると気分がいいということか。知らないうちにずいぶんとポイントを稼いでいたものだ。

ただし、脚だが……。

連れてこられたのは外資系の高級ホテル。こんな場所で会食とは、きっとカーストレベルが同じくらいの相手に違いない。

この時点で、会食相手がカナメリゾートである可能性が消えた。

ホテルの前に車を着ければ、総支配人とチーフコンシェルジュの出迎えが待っている。

なんというか、玲が知らない世界だ。

おまけにただの秘書の玲にまで礼儀正しく接してくれる。エレベーターホールで将騎が「ここまでで結構」と口にしたのでエレベーターにはふたりで乗ったが、それがなければ会場まで付き添っていただろう。

改めて、二階堂ホールディングス御曹司、二階堂将騎の偉大さを思い知る。

同時に、こんな人物の上に立とうと小賢しいことを考えている由隆が哀れになってきた。

毛虫がツキノワグマに勝てるはずがないのだ……。

会場は上層階のスイートルーム。

個室で会食とか、これもまた世界が違う。

豪華な室内には十人以上が着席できそうなダイニングテーブルがあり、部屋に入ると同時に食事が並べられ……。

——思えば、この時点で、なにかおかしいことに気づくべきだった……。

用意された食事はふたりぶん。なぜか玲が席につかされ、将騎とともに食事をすることになっている。

なぜここで食事なのか。会食相手がきていないのに、将騎まで食事をはじめてしまってもいいものなのか。

おおいに戸惑うなか聞きたいことはたくさんあるのだが、料理は食べたことがないくらい美味しいし、将騎の話が楽しい。

食事をしながら、彼はいろいろな話をしてくれる。時事的なものであったり、仕事のことであったり、感動したこと共感したこと面白かったこと。

食事中にあまり話しかけられると鬱陶しくなるものだが、それがない。そう感じさせないタイミングで話を進めていく。

もっともっと彼の話が聞きたいという気持ちになり、耳も目も、心までも、気がつけば将騎にだけ向いていた。

この話術と国宝級の顔面。――これで女性が堕ちないわけがない……。

そして今、食事を終えた将騎と玲は、リビングに置かれた豪華なソファに並んで座りシャンパンを楽しんでいた。

「玲は、シャンパンは苦手だったか？　あまり進んでいないな」

シャンパングラスを片手に話しかけてくる将騎は、なんだか妙に色っぽい。

スーツの上着を脱いだウエストコート姿。執務室でもときどきこのスタイルで仕事をしているし初めて見るわけではないのに、色気ダダ漏れのフェロモンが漂ってくる。

「馴染みのソムリエから、いいアルマンドを入手したと聞いて決めたんだが。気に入らないようなら他のものを……」

「いいえっ、とんでもございませんっ。高級なシャンパンなんだろうなと思うあまり怖気づいてしまっているだけです。気に入らないなんて……！　むしろわたしのほうがシャンパン様に気に入っていただけていないと思いますっ」

本当に他のものを注文しそうな様子に焦り、玲は慌てて止める。慌てたのがおかしかったのか言葉のチョイスが面白かったのか、将騎はアハハと声をあげて笑った。

「安心しろ。俺がともにグラスをかたむける相手を気に入らないなんて、何人たりとも言わせない」

なんて心強いセリフなのだろう。お酒が合うか合わないかだけの話なのに、強い後ろ盾があるような気分になって気持ちが大きくなる。

(何人たりとものなかに、シャンパン様も入ってるってことでいいのかな……)

「でも……副社長、先方がまだ到着されておりませんし、今からあまり飲むのもどうかと」

「先方?」

「はい、会食の」

「会食ならしただろう。俺と玲で」

「は?」

目をぱちくりとさせてしまう。グラスに口をつけていた将騎がふっと笑んだ。

「その顔、かわいい」

後頭部に将騎の手が回り、引き寄せられて……唇同士が触れる。

ドキッとした瞬間すぐに離れ、将騎はグラスに唇を戻した。

「今夜は俺と玲の会食だ。ただ食事に誘われるより、このほうが素直についてこられただろう?」

「といいますか……仕事だと思っていたので……」

一瞬だけ触れた唇がもぞもぞする。むず痒くて、唇をきゅっと内側に巻きこんだ。

「仕事とは言っていないな。玲がいないと困る会食、とは言った」

「確かにそうですけど……ズルいです、副社長」

「ズルい？」

「はい。『いないと困る』なんて、そんな言いかたされたら、やっと仕事で頼りにしてもらえるんだって、喜んでしまうじゃないですか」

一日中浮かれていた自分が、少し恥ずかしい。せっかく守屋にも「頑張って」とエールをもらったのに。

「頼りにはしている。玲は、毎日シッカリ俺の仕事をしてくれている」

「副社長の……女性関係の後始末ですけど……」

だんだんと声が小さくなる。将騎が必要としている仕事だ。不満はないが、相手が彼が触れた女性なのだと思うと……もやもやする。

「丁寧な仕事をする。断りかたも上手い。あとを引かず、相手の怒りを引き出さない、それどころか、仕方ないかと思わせることができる。そのやわらかな対応は女性ならではなのかもしれないな。実に助かっている。俺も……春騎も」

「……え？」

なぜそこに春騎の名前が出てきたのだろう。小さな疑問が、初出社の日にキッチンで守屋に聞いた話を思い起こさせる。

やはり、あのときの思いつきは間違いではないのかもしれない。将騎は——女ったらしなどではないのかもしれない……。

「では……こんな立派なお部屋でのお食事に誘ってくださったのは、ねぎらいの気持ちから、ということですか？」

「それもあるが、今夜は玲を俺に溺れさせようと思っている」

「はっ、いっぃ!?」

驚きのあまりソファの上で身体が跳ねる。そのせいでシャンパンがグラスからこぼれて膝を濡らした。

「あ……」

幸いスカートにはかからなかったが、ストッキングが濡れてしまった。拭くものを取るのに立ち上がろうとしたが……できなかった。

「ふ……副社長……」

将騎が玲の膝先に吸いつき、こぼれたシャンパンを吸ってしまったからだ。

ストッキング越しに感じる、ぬるっとしたあたたかいもの。彼の舌だと意識すると脚の付け根に熱がこもる。

「玲は……俺を誘惑しようとしているだろう」

呼吸が止まった。

言い当てられてしまった驚きと、目的を悟られている焦り。なぜ悟られてしまったのだろう。怪しまれるような、あからさまなことはしていなかったはずなのに。

「そんなことは……」

「ごまかさなくてもいい。玲の行動を見ていれば見当はついた。まあ、色仕掛けは下手だな」

下手と言われても、そのとおりなので反論できない。むしろあからさまなアピールをしていたわけでもないのに、なぜ誘惑しようとしているとわかったのだろう。

いや、相手は女などより取り見取り百戦錬磨の男だ。誘惑なんかされ慣れているだろうし、どんなに下手でもちょっとした気配で読めてしまうのではないか。

「だから俺も、玲を俺に溺れさせてみたくなった」

にこりと微笑みながら将騎は身体を起こす。液体を飲み干しグラスをカラにすると、目の前のテーブルに置いた。

「玲、勝負をしてみよう。玲が俺を誘惑してその気にさせるのが先か、俺が玲を俺に溺れさせるのが先か」

「勝負って……」

「玲が先に俺をその気にさせられたら、……そうだな、玲の頼みをなんでも聞いてやる」

「なんでも、ですか？」

「なんでも、だ」

これは……ひょんなところからチャンスが巡ってきた。

将騎は、玲が彼に興味があるから誘惑しようとしているとしか思っていないだろう。まさかハニートラップまでは気づいていないはずだ。

彼をその気にさせることができれば、ハニートラップは成功だ。

手玉にとったうえで、さらに「頼みをなんでも聞いてやる」を利用してカナメレジャーとの業務提携の件を持ち出せば……。

ミッションクリア。作戦大成功。

晴れて母と一緒に自由の身。

誘惑しようとしていたのはバレているのだから、今までのように慎重にならなくてもいい。経験はないが、体当たりで頑張ればなんとかなるのではないか。

それこそ、由隆が言っていたように、踏みつけて勃たせて押し倒す、でいけるような気までしてきた。

予想外のチャンス到来に盛り上がり不埒な思考によろめくものの、そこで確認しておかなくてはならないことがあると気づく。

「先にわたしが副社長をその気にさせたら、わたしのお願いを聞いてくださるんですよね？」

「聞く」

「では、もし、わたしが先に……その、副社長に、溺れたら……」

口に出すと実感するが「溺れる」とはどういった状況だろう。水に溺れるとはわけが違う。人間に溺れるという意味だ。

将騎に溺れる。この場合、性的な意味を含むと考えて……。

「玲が俺のセックスに溺れた場合、その脚は一生俺のものだ」

「セッ……！」

赤裸々な単語が鼓膜を直撃する。背筋がピンッと伸び、その勢いでまたもやグラスの液体がこぼれそうになった。

「セックスなんて言葉ひとつで赤くなるな。思春期か」

そんなことを言われても、性的な言葉を使うような生活環境ではなかったのだから仕方がない。こういうことは年齢ではないと思う。

クスクス笑いながら玲の手からグラスを取った将騎は、残ったシャンパンをぐいっとあおる。

今になって、高級すぎる気配に尻込みして満足に味わっていなかったのが悔やまれる。こんな高価なシャンパン、二度と飲む機会になど恵まれないだろう。もうひと口くらいじっくりと堪能しておけばよかった。

少々せせこましいことを考えていると、いきなり顎を摑まれ、将騎の唇が押しつけられた。

一瞬驚いて目を見開くものの、とんでもない至近距離に、凄絶な艶を放つ眼差しがまぶたをゆるめた状態で玲の瞳を覗きこんでいる。

（駄目！　昇天する！）

慌ててギュッとまぶたを閉じる。

目で人を殺すとは、こういう状況をいうのではないか。こんな眼差しで見つめられて、堕ちない女はいないとまで思える。

——きっと……今まで彼に夢中になった女性はみんな……。

そんな思いが巡って、刹那、泣きたくなるような切なさが訪れる。しかし不可解な感情に浸る余裕はなかった。

口腔内にシャンパンが流れこんできたのだ。将騎が飲んでしまったと思っていたものが、口移しで玲に与えられている。

「んっ……ふ……ぅ」

将騎の口腔で炭酸がやわらかくなり、玲の口腔でまったりと回る。深みがあるのにまろやかで、果実味を強く感じる。

（あ……美味しい……、このキス）

舌でかき混ぜられ、少しずつ喉の奥へ導かれていく。シャンパン漬けになった口腔からアルコール分が回ったかのように、唇の感覚がおかしい。

（口の中……ふわふわする……）

擦りつけ、押しつけられる唇から甘い疼きが身体に流れていくよう。いつの間にやら舌を搦め捕られ、短く速い吐息を漏らしながら彼に委ねていた。

「ぁ、ハァ……ん」

シャンパンがすべて流しこまれたからか、唇がゆっくり離れていく。それでもまだ将騎の顔が目と鼻の先にあるのがわかるので、まぶたを開けない。

「キスも未経験だな……。そのくせ、イイ顔をする」

「ひゃっぁ……」

唇を舌でなぞられて、息を呑みこむと切なげな声になる。開かないまぶたにチュッとキスをされた。

「シャンパン、美味いだろう？　またあとでゆっくり飲もう。今は玲を堪能したい。させてくれ」

「副社長……」

将騎の声が甘くて困ってしまう。玲は両手で彼のウエストコートを掴み、うつむきながらまぶたを上げる。

「ズルい……」

「なにがズルい？」

「副社長は……こういうことに慣れているから、わたしみたいな……なにも知らない女でも、自分に夢中にさせるなんてお手のものなんだと思う……。そんなの……わたし、圧倒的に不利じゃないですか……」

こんなキスを繰り返されたら、それだけで彼に溺れてしまいそうな予感がする。

それほどまでに——気持ちよかった……。

「そんなことはない。かえって、不利なのは俺のほうだ」

両サイドから玲の髪を掻き上げ、こめかみにキスをする。そのまま耳朶に甘い声を落とした。

「玲の脚、見せて。——玲の、最大の武器だ」

彼の言葉でそれを思いだす。わざわざ有利な点に気づかせてくれるのは、自信の表れかもしれない。

それでも、まだ希望はあると感じられた。

唯一、絶対に彼の気を惹けるものを、玲は持っているのだ。今こそおおいに活用するときではないか。

「ストッキングは……」

「もちろん、脱ぐ」

昨日と同じく、肌をさらせということらしい。

将騎の胸を押しながらゆっくりと立ち上がる。ストッキングを脱ぐにしても、どこかで脱いでから彼の前に立ったほうがいいのだろうか。それとも……。

ちらりと目を向ければ、将騎は期待に満ちた目で玲を見ている。これは、ここで脱ぐのが正解のようだ。

スカートをずり上げ、両手でストッキングを下ろしていく。片脚ずつ抜いていくあいだも将騎の視線を感じて、手が震えた。――なぜか、ゾクゾクするのだ。

脱いだのはいいが、スカート丈が膝の少し上なので太腿が隠れてしまう。脚が最大の武器ならば、かくさないほうがいいのではないか……。

スカートのホックを外し、思いきって落とす。ブラウスの裾が脚の付け根あたりの長さなので、脚はすべて露出された。

「相変わらず、思いきりがいいな」

「スカートがあると、太腿がかくれますので……」

「いい心がけだ」

脚に将騎の視線を感じる。眺められるのは初めてではないにしろ、スカートまで脱いでしまったせいかいつもとは羞恥のレベルが違う。

いつもならば彼の目の前で見せつけるように伸ばしたりできるのに、このあとどうしたらいいか思いつかない。こんなことではいけないのに。

「あの……膝枕、しますか？　昨日みたいに」

昨日の続きを提案するが、将騎はポンポンッと自分の膝を叩いた。

「それもいいけど、ここに座れ」

「副社長の膝にですか？」

「ソファに脚を伸ばして、俺の膝に尻をのせる感じで」

「は、はい」

説明しながら将騎はソファの端へ移動していく。どうやら玲が脚を伸ばしやすいようにと考えたようだ。

言われたとおり彼の膝に腰を下ろして脚を伸ばす。ショーツ一枚隔ててお尻をのせていると考えると、恥ずかしいというか申し訳ないというか微妙な気持ちになる。

尻肉が彼の膝でやわらかく潰れているのだと意識すると、なぜか尾てい骨のあたりがムズムズした。

「これも脱ごうか」

スーツのジャケットを脱がされ、ブラウス一枚の姿にされてしまった。それで終わるかと思えばブラウスのリボンタイをほどかれ、ボタンに彼の指がかかる。

裸にされそうな焦りからか、胸元までボタンが外されたところで玲は将騎のネクタイを摑んだ。

「ズ、ズルいです、副社長っ」

「なぜ？」

「副社長はこんなにしっかり着込んでいるのに、わたしばっかり脱いでいるじゃないですか。ズルいです。せめて、ネクタイくらい外してください」

「ネクタイだけでいいのか？　なんなら全部脱ぐぞ。玲が困らないなら、だが」

「……ネクタイだけでいいです」

本当にズルい。将騎が裸になってしまったら、目のやり場がなくて玲があたふたする。それをわかって言っている。

喉で笑いを嚙み殺しながら、将騎がネクタイに手をかける。ハッとあることを思いだし、その手を押さえた。

「あの……外さなくてもいいので、グッとゆるめるやつ、やってもらえませんか？　昨日みたいに」

「昨日？　ネクタイをゆるめるだけでいいのか？　外せって言ったのに？」

「昨日、ネクタイをゆるめた仕草が……その、とてもカッコよくて……。見惚れてしまったので……」

「それを早く言え。何回でもやってやる」

ネクタイをゆるめる仕草に見惚れたなんておかしな話なのに、将騎は真面目な顔で快諾してくれた。すぐに結び目に指をかけ、顔を軽く左右に振りながらネクタイをゆるめる。

「はわぁ……」

両手で押さえた口から漏れる感嘆の吐息。胸の奥がきゅんきゅんして、脚のあいだに差しこむような刺激が走る。思わず腰を引くと、将騎に肩を抱き寄せられ彼の胸に寄りかかる形になった。

「ネクタイをゆるめる仕草に感じるとか、玲もなかなかだな。以前からそうなのか？」

「いいえ……、カッコいいとか、そんなことを思ったのは昨日が初めてで……。また見たいなんて思ったのも初めてです」

「それ、結構な特殊嗜好なんじゃないか？」

「副社長に言われたくありませんっ」

「そうか？　しかし、脚が好きな男は多い。別に特殊ではない」

「で、でも、脚が気に入ったから採用、とか、そこまでする人っていないと思います」

「ここにいる。こんなイイ脚、放っておけるか」

片手で大きく脚を撫でる。太腿から足先へ向かったかと思うと太腿へ返ってきて、また同じように手を滑らせる。

「いい手触りだ」

将騎はその手を止めない。しっとりと、じっくりと、己の手に沁みこませていくかのよう肌に触れる。

昨日と同じだ。ただ撫でられているだけなのに……。

どうしてこんなに、気持ちよくなってくるんだろう。

「思い描いていた形がそのまま手に伝わってくる。玲の脚は、最高だ。こんな脚が実在していたことに感動を禁じ得ない」

「おおげさで……ぁあっ！」

苦言を呈してやろうと思っただけなのに、反して甘い声が飛び出す。両手で口を押さえ「んーーーー」と喉でうめいてそれをごまかそうとした。

「大げさじゃない。焦がれていた理想の脚だ。まさかこの俺が、女の脚だけで勃つ日がくるとは」

どこか恍惚とした表情。感動をかくしきれないという雰囲気は、いつものクールな彼とは思えない。

「かなりの、変態さんで……はぁ、あっ、んっ」

言葉を出そうとすると一緒に甘い声が出てしまう。再び口を押さえて「んーーーー」とごまかすが、抱き寄せていた手で両手首を摑まれ口から離された。

「口をふさぐな。気持ちがいいなら、その声も聞かせろ。そのほうが興奮する」

「すっごい変態さんですねっ」

　本当に、いつもの将騎と同一人物とは思えない問題発言である。

「玲も、素直に声を出したほうがトぶほど気持ちよくなる」

「そんなの、恥ずかしいだけで……ぁぁぁっ、やぁっ！」

　口を開けば予定外の声が出てしまう。これはもうしゃべろうとしないほうがいい。けれど手を掴まれてしまっているせいもあって、声をごまかそうにもごまかせない。

　脚を撫でる将騎の手は、ふくらはぎをやわらかく揉んだり膝頭で指先を遊ばせたり。膝を撫でたかと思えば内腿に潜りこんで……。

「副……社長……、そこ、ぁっン……」

「火照ってあたたかい。湿気が溜まっているな。そろそろ下着まで濡れているんじゃないのか。ああ、この脚を大きく割り広げていいんだと思うと、堪らないな。すぐにでも顔をうずめたくなる」

「びっくりするほどすっごい変態さんですねっ」

　割り広げて、のところから想像力が働いてしまった。変態さんなどと口にはしたが、男女が肌を重ねればそういった行為は普通にあるものではないだろうか。

　それに将騎が言ったことは間違いではない。なんとなくお尻に湿っぽい感触が広がっている。そのせいで、腰がもどかしくなってもモゾモゾと動かすことができない。

動かせば、また脚のあいだをべちゃべちゃにしているいやらしい自分を確認してしまう。

片方の膝を軽く立てられ、内腿がさわりやすくなる。指先でなぞり手のひらで押さえて、
将騎はまるで皮膚の下の血管までも感じようとしている。

「血液の流れを感じる……。細胞のひとつひとつに誘われる。今なら、この細胞のひとつになって脚に溶けこんでいけそうだ……」

――変態さんが異次元レベルである。

脚に溶けこむという発想もすごいが、それを語る将騎が本気なのもすごい。

普通なら引く。絶対に引く。けれど……。

「副社長が脚の細胞になったら……いっつもこんなふうに……なっちゃうから、あっあ……ダメです……ンッゥ」

それを想像してゾクゾクした挙句、上半身を強く彼に押しつけてしまう玲もいつもの玲ではない。

自分でも信じられないくらい、将騎の行為に官能が揺さぶられている。そのたびに愉悦が湧きだして、どんどんあふれてくる。

「こんなふうって？　どんなふう？」

「ンッ、ぁ、あの……やぁん……」

「気持ちイイんだな？　びっくりするほどすっごい変態さんに撫でられて、びっくりするほどすっごく感じている。びっくりするほどすっごくいやらしいな、玲は」

「ぁあんっ、ごめんなさぃぃ……！」

びっくりの大安売りに笑いたくとも、内腿をじっとりと揉みこまれる快感が放つ微電流に甘い声が止まらない。

痛いくらいに握られているはずなのに、少し力を抜いた際に訪れるもどかしいむず痒さが堪らない。思わず「もっと」と言いたくなる。

「あっ、ん……副社……長ぉ……」

媚びた声が自然と出てしまう。まるで出し慣れているかのようにスルスル出てくるのが、自分でも不思議だ。

脚をさわられているだけなのに全身がもどかしい。腰が蠢き上半身を将騎に擦りつけて、摑まれた手を放してほしくて両手を強く握り彼の胸に押しつける。

「玲、キスしようか。顔上げて」

言われたとおりに顔が上がる。将騎の唇に吸いつかれ、摑まれていた両手首がやっと解放された。

自由になった両腕は、なにも考えずに脇と肩から将騎の背中へ回り、強く彼に抱きつく。ウエストコートを何度も握り直し、シワになりそうなほどに両手をさまよわせた。

「ふぅ……ンッ、ハァ、あっ……！」

舌を搦め捕られ吐息を吸われ唾液をかき混ぜられて、口腔内が麻痺していく。自分のものではない舌に舐めまわされて、自分では知りえなかった反応が生まれていく。

ちゃぱちゃぱと音がするほど唾液が溜まり、喉は切ない吐息を漏らすのに精一杯で嚥下ができない。唇の横からあふれて流れていくのがわかるし、それが恥ずかしいことだともわかるのに、そんな状態になってしまっている自分に興奮している。

（駄目……こんなんじゃ……、こんなに感じていたら、わたしが副社長に溺れたことになっちゃう……）

玲が将騎を先に「ソノ気」にさせなくては、ハニートラップも目的も達成できない。

（でも、ソノ気……って、なんだろう）

単純に考えれば性行為に及びたくなる気分にさせるという意味にとれるが、将騎は「玲が俺のセックスに溺れた場合」という言葉を使っている。

つまりはこの勝負は性行為ありきではじまっている。とすれば、玲は将騎を、先にどんな気分にさせれば勝ちになるのだろう。

「あっぁぁ……ふくしゃ……ちょっ、ンッ、ぁふ……」

しかし考えはまとまらない。全身が疼いて腰が落ち着かない。もうお尻の下が失禁したのかくらい濡れているのもわかるのに、小刻みに腰を上下してしまう。

腰の奥からなにかが突き上がってきそうな感覚があって、むしろ早くその衝撃が欲しくて堪らなくなっている。全身が悶え動いてしまうのはそのせいだ。

口腔内に溜まった唾液と一緒に舌を強くすすられる。同時につま先を手のひらで掴むように揉みこまれ、欲していた衝撃が弾けた。

「……っあぁっ！　やぁぁ……――！」

唇が離れ大きく喉が反る。強く将騎にしがみつきながら腰がガクガクと揺れた。

お腹の奥がきゅんきゅんする。腿をキュッと締めて擦り合わせると、とろりとした余韻が湧いてくる。

そんな玲を抱きしめ、将騎が優しく背中を叩いた。

「よしよし、気持ちよかったか？　脚で感じてイけるなんて。玲はどこまで俺の理想どおりなんだろう」

頭を撫でてくれる手が心地いい。心がふにゃふにゃになってしまいそう。

「とんでもなく濡れているな、わかるか？」

「は……い」

ドキドキと早鐘を打つ鼓動に合わせるように息を吐き、返事をしてから大変なことに気づく。

「すみませ……ん、わたし……」

片手でお尻の下を探ると、やはりショーツから染み出した愛液が将騎のトラウザーズを濡らしている。それもちょっとやそっとではなく、かなりの広範囲だ。

「すぐ拭きましょう……、シミになったら大変……！」

動こうとするが、脚が痙攣して上手く動かない。すると、スッと立ち上がった将騎にそのままお姫様抱っこされていた。

「ひぇっ……」

この流れがあまりにもスムーズでおかしな声が出る。横向きになって将騎の膝に座っていたのだから、背中と足をかかえられたらこの体勢になるのは当然だ。

「拭かなくてもいい。ホテルクリーニングに頼んだほうが早い。俺もフロントが結構濡れたし」

少々気まずそうに苦笑いをしながら移動する。もしかして照れているのだろうかと思うと、不意に胸がきゅんっとした。

「副社長が……って、どうしてですか？　おトイレ、我慢できなかったんですか？」

「玲、もう少し男の身体ってものを知っておけ。無知すぎる」

「失礼ですよっ。これでも学生時代、生物の教科は得意でした」

「……どっちかっていうと、保健体育じゃないか？　中学校の性教育レベルくらい」

ちらっと視線を落とされて言葉に詰まる。つまりは、中学生以下と言いたいのか。

そんなことありませんと反論したいができない。二十五歳処女プラス交際経験なしの玲は、だんまりを決めこむ以外この話題から逃れるすべはないのだ。

そうしているうちにベッドルームへ移動し、大きなベッドの上へ下ろされる。

「男に関する知識は、俺がつけてやるから安心しろ」

玲を見おろしながら、将騎はウエストコートを脱ぎネクタイを引き抜く。ブレイシーズ姿を初めて見たが、男性のこういった姿をカッコいいと思ったのは初めてだ。

ぼんやり見惚れているうちに、スルっとショーツを取られてしまった。

「これは穿けないな……」

「眺めないでくださいっ」

すぐに放ってくれたらいいものを、目の高さに上げた将騎がしげしげと眺めている。恥ずかしさのあまり両手で顔を覆った。

「そんなになっちゃうなんて……恥ずかしい……」

「なぜ？　感じることは恥ずかしいことじゃない。玲の脚の造形美は芸術的で素晴らしく綺麗だ。そのうえさわられてエクスタシーを得るほど感じられる」

「エクっ……」

「またそんな言葉で恥ずかしがる」

将騎はハハハと軽く笑うが、今度は言葉で恥ずかしくなったのではない。先ほど将騎が「脚で感じてイける」と言った意味をやっと理解したのだ。

つまりは、絶頂（エクスタシー）というものに到達してしまったということか。性行為の挿入過程でしか得られないものだと思っていたのに、それを、脚をさわられキスをされ、感じまくって到達してしまった……。

（わたし……すごくいやらしいのでは……？）

処女なのに。脚を撫でまわされてキスをされただけなのに。あんなに感じて達してしまうなんて。

普通に考えれば羞恥心が暴れだしそうな事態なのに、玲の感情は意外におだやかだ。

（副社長が喜んでくれてるみたいだし。……いいかな）

将騎が喜んでいるということは、玲に気持ちを向けてくれているということだ。

そのほうが都合がいいし、玲も嬉しい気がする。

「あっ……」

ぴくんっと腰が跳ねて顔から手が離れる。両膝を立てられ、大きく開かれたのだ。

目を向けると、将騎が身をかがめて脚のあいだを見つめている。顔を押さえてあれやこれやと考えているうちに彼はさっさと服を脱いでしまっていて、おそらく全裸だ。

「なに、見てるんですか」

「しゃぶりつきたいくらい美味そうなもの」

そう言った次の瞬間、将騎が秘部を大きく舐めあげる。そのまま蜜の海で舌を躍らせた。

「あっ、ぁ……！　やっ……ダメェっ」

驚いたついでに否定の言葉が飛び出し、とっさに両手を伸ばして彼の髪を掴む。本当は押し戻そうとしたはずなのに、それ以上力は入らない。

潤沢な蜜を散らし、厚い舌が秘部を蹂躙する。こういった行為もあるのだと頭でわかってはいても、いざそのときになると冷静に理解なんかできない。

「はぁ、ァアン……そんなに舐めちゃ……あっ、あ」

舐められたところから、また弾け飛びそうなものが溜まっていく。とんでもなく恥ずかしい場所に舌をつけられているというのに、——気持ちいいのだ。

将騎は玲の両腿を両腕でかかえこみ、間隔を狭めて頭を挟む。首を大きく左右に動かし、頭や顔を太腿で挟まれる感触を楽しんでいるかのよう。

「やぁぁ、もっ、やらしっ……あああっ」

とは言うものの、玲も間違いなくその行為に感じている。秘部を舐めたくっていたかと思えば太腿に吸いついて、いったいどこを舐められているのかわからなくなってくる。

太腿まで陰部になってしまったみたいに、快感でいっぱいだ。

「あんっ、ダメェ……また……ああっ——！」

快感が突き上がってきて弾け、玲は背をしならせて腰を揺らす。脚のあいだから身体を上げた将騎が、両手で玲の脚をゆっくり撫でた。

「またイった。嬉しいくらい感じてくれるんだな」

「ハァ……ぁっ、副社長が……悪い、ンで、すよぉ……。ぁぁ……こんなの、我慢できな、い、です……」

達した余韻か脚のあいだで収縮が起こっている。勝手に蠢くそれのせいで秘部の疼きが止まらない。

「我慢できない？　うん、玲のいやらしい口がずっとピクピクしてる。気が合うな、俺も我慢できなくなっていたところだ」

両脚が大きく開かれたまま将騎の膝にのせられる。ついにその瞬間を迎えるのかと思うと刹那の緊張が走り、視線が上がる。

と、初めて見るかもしれないおだやかな瞳と出会った。

「副……社長？」

なんて眼差しをくれるのだろう。胸がきゅんきゅんしすぎて呼吸はままならないし、プラス大きくなる鼓動で胸骨が損傷しそうだ。

「服を、脱がせてもいいか？」

「え？　服……、いいですよ」

気持ちよくされすぎて気にならなかったが、脱がされかけていたブラウスとブラジャーはそのままだ。

将騎は全裸だし、玲が半裸なのはズルいと思ったのだろうか。それとも、全裸にしたら恥ずかしがるだろうとか、気にしてくれたのだろうか。

「俺は、昔から女の身体といえば脚にしか興味がなかった」

ブラウスのボタンを外しながら、将騎は感慨深げな声で話す。

「裸を見たいとか、そういう感情もなくて、胸のサイズどころか胸自体に興味がない。あんなもの、脂肪の塊だろうくらいしか思わない。押しつけられたりいきなり見せられたって、勃つどころか興ざめだ」

人それぞれ発想は自由だとは思うが、すごい意見を聞いてしまった気がする。

胸といえば、正統派女性の武器だろう。

ハニートラップではなくとも将騎を誘惑しようとした女性は数知れないだろうが、彼女たちはきっと胸や裸を武器にしたのではないだろうか。

まったく効果がないことも知らないで……。

冗談半分に「変態さん」などと言ったが、正真正銘、脚にしか興味はないし欲情しないのなら、彼は本物なのかもしれない。

「でも、おかしいんだ……」

ブラウスを放り、ブラジャーを外す。全裸になった玲を眺め、ふっと、眉を下げた。

「玲の……裸を見たいと思った。なにもかも取り去った、玲の全部が見たくて堪らなくなった。——ああ、綺麗だ。脚と同じくらい」

片手を伸ばした将騎は、そっと玲の胸のふくらみに触れる。手のひらで隆起をたどり、全体で包みこみ静かに揉みしだいた。

——あたたかいものが広がってくる胸が、ぎゅんっと絞られる。

切なげな将騎の表情を見ているとお腹の奥が疼く。ときめくというより子宮がピクピクして切なくなる。

「困ったな、ひどく興奮してきた……。俺の負けかもな……」

ふっと笑んで、将騎は腰を進める。熱い塊が秘部に押しつけられ、その熱に感じて膣口が蕩けると、ぐにっと大きく広がった。

「あっ……！　んんっン——！」

膣口に訪れる刺激。大きな質量の切っ先が潜りこんだ瞬間、子宮に溜まった切なさが弾けた。

「……玲」

「は、はい……ハァ、あ……」

「イったな？」

「ご、ごめんなさ……だって、副社長がぁ……」

「人のせいにするな。ただでさえ処女で挿れづらいってのに、イったせいでよけいに締まってくる……。首がひどく締められて窒息しそうなんだが」

「首なんて……絞めてません、ンッ、ん、はぁ……」

首絞めの濡れ衣を晴らそうと玲は両手で枕を掴む。

「玲のナカに入ろうとしているヤツの首だ。ちぎれたらどうしてくれる」

「ぁっ、あ、生えて、きますか？　ぅんん……」

「トカゲじゃない。ったく、初貫通の瞬間にイクとか……とんでもなくエロい身体だな。さすがは俺が欲情するだけある」

褒められているような、そうではないような。

悪い意味で言っているのではないと思う。挿入は〝首〟で止まっているようだが、将騎の手はずっと玲の胸を揉んでいる。

彼にとって興味がなかったはずのものを、まるで内腿を揉むように、じっとりと揉みしだいてくる。

屹立は入り口で止まっているのに、切ない声が漏れてしまうのはそのせいだ。

「副社長……胸、気に入ったんですか？」

「玲の胸だから、気に入った」

これは、すごいことなのではないか。「玲の胸だから」気に入ってくれている。今までまったく興味がなかったものなのに。

その言葉に酔ったかのように反応した官能が、大きく羽を広げて玲の全身を包む。

――いい気分だ。

「また締まってきた……。俺としてはもっとオクで玲を感じたいんだが、痛くてつらいなら今はひとまず抜いて……」

「大丈夫です。つらくて我慢できないっていうほどじゃないし。……それより、わたしも、副社長を感じたいです……」

胸の頂を不意にひねられ、胸に広がる甘ったるい衝動に上半身がうねる。胸から手が離れると、今まで刺激を与えられていたところにムズムズとした余韻が残った。

「たっぷりと感じさせてやる」

止まっていた〝首〟が先陣を切って隘路を進んでくる。狭窄な蜜溝をぎちぎちと軋ませながら拓いていく。

「あああぁあっ……ふく、しゃ、ちょっ、あぁんっ」

肉の蛇が身体の内側から這い上がってくるような、不思議な感覚。強い圧迫感が襲ってきてお腹が破れてしまいそう。

膨張した肉茎を、まだ男の形を知らない膣路に挿し入れながら、将騎は膝にのせた玲の両腿を撫でさする。

その刺激が心地よい。まるで玲が怖がらないよう、緊張してよけいな力を入れてしまわないよう、宥めてくれているように感じる。

（本当に……宥めてくれているのかもしれない）

そう思うと全身を押し潰してくる強い圧迫感さえ、つらいものではなくなってくる。膣口から伝わる鈍い痛みも、彼が太腿を撫でてくれているおかげでやわらいでいく。

玲は枕から手を離し、将騎に向けて腕を広げた。

「副社長……ぎゅって、してほしいです……ハァ……あ」

「なんだ？　甘えてるのか？」

「はい、……ダメですか……？」

さみしそうな口調になってしまった。初めての挿入による充溢感に昂りはじめた官能が、全身を甘やかしてほしくて疼きだしている。

将騎に甘やかされたい。彼の熱で、この官能をトロトロにしてほしい。そんな欲望が大きくなっていく。

「駄目なわけがないだろう……」

ニヤリとした将騎がゆっくりと軽く覆いかぶさってくる。

肩から腕を回して抱きつこうとしたとき熱塊を一気に根元まで押しこまれ、恥骨同士が密着した。

「ひゃぁぁん……」

ぴくんぴくんと腰が跳ね、驚いたにしては滑稽な声が出る。将騎もそう思ったのかクスクス笑いながら唇にチュッとキスをした。

「びっくりしたか?」

「いきなり……入ってきたから……」

「ずっと入り口で首を締められていたから、勢いがついた」

「その言いかた、ハァ……やめてくだ……ぁん」

みっちりと詰まった蜜窟から、なんともいえない感覚が立ちのぼってくる。まるで酔ったかのようにくらくらする。

「玲のナカ、やわらかくてトロトロだ。イきまくっていたおかげだな。つらくないか?痛いからヤダって泣いても、悪いが抜いてやれそうもないが」

「なんですか、それぇ……んっン」

言っていることがおかしくて、あえぎながら笑ってしまう。

つらくないかと心配してくれているから、苦痛を訴えればやめるという意味かと思えば続行だという。

とんでもなく意地が悪い。

けれど、そのほうがいい。ハニートラップは続行中だ。将騎との勝負は少々危うい気がしているが、それでも、玲個人の感情としてやめてほしくない。

「抜かないで……じわじわっと……気持ちイイの……伝わってきてる、から」

「挿れているだけで、まだ動いてないが？」

こういった行為は、男性が動いて繋がった部分に刺激を与えられることで気持ちよくなっていくものなのかもしれない。

ハジメテなので、玲にははっきりとはわからない。

けれど、そうとは限らないのではないか。

現に玲は、挿入によるこのみちみちと張り裂けてしまいそうな充溢感だけで、快感があふれてくるのを止められない。

「だから……ぁっ、ここ、ぎっちり詰まってるここから……、ハァ、ぁンッ、なんか、うずうずして……やぁ、もぅ、身体のナカ、副社長で、ハァあぁっ、いっぱいっ……！」

片手で恥丘にそっと触れ、自分の状態を伝えようとする。が、将騎の熱棒の圧迫具合を意識すればするほど、ビンビン伝わってくる愉悦を抑えられなくなる。

「いっぱい、か。そうだな、玲のナカは男の形も大きさも知らないから、俺のでいっぱいだな」

繋がり合った部分をさらにぐりぐりと押しつけられ、最奥で止まっていた切っ先が蜜壁をえぐり快楽を掘り出す。快感が電流のように走り、玲は背中をしならせて嬌声をあげた。

「あああぁァッ……！　ダメェ、そこ、ぁぁんっ！」

「俺の形も大きさも、全部覚えさせてやる。俺を誘惑したいなら俺が夢中になる身体にならないと駄目だ。そうだろう？　玲」

「あっ、あ、ダメっ、そんなに、ぐりぐりしない……でっ、ん、ンッ！」

「我慢するな、イっていい。ほら」

将騎が腰を突き上げるようにひねると、凶暴な鏃が蜜壁を擦りあげる。お臍の裏が掻き裂かれてしまいそうな衝撃は、玲の身体に大きな爆発を起こす。

「やっ、や……あああ——!!」

つま先に力が入って腰が浮く。その腰をかかえながら将騎が身体を起こした。

「玲のナカ、うねってすごい……。脚もイイがこっちもイイ。困ったな、すでに夢中になるレベルだ。なんなんだ、おかしいだろう」

ゆっくりと剛直が引かれ浅いところで止まる。ぎちぎちに満たされていたはずの花筒から圧迫感が消えると、今度は切ない疼きでいっぱいになった。

「あっ……ンッ」

玲がもどかしそうに腰をひねって将騎を見ると、彼はその意味がわかっているかのように再び熱り勃ったものを長いストロークで押しこんでくる。

入り口へ引き戻り、すぐに奥まで戻ってくる。擦りあげられる刺激で吐き出される蜜をあふれさせリズミカルに続く抜き挿しに、めくるめく快感の波が大きくなっていく。

お腹のあたりがずくずくと疼く。我慢も忘れ、鳩尾のあたりで掻きむしるように両手を動かした。

「あっん、副社……長、ぁっ、ここが……んぅぅ……」

「どうした？　こっちもさわってほしくなったのか？」

胸の頂を指先で転がされる。そこはいつの間にかずいぶんと大きくなり硬度を持っていたらしく、まるで小さな果実のよう。こんな反応をしているのを見るのは初めてだ。

玲が答えられないでいるうちに、将騎は赤くふくらんだ果実に吸いつく。ちゅるちゅると吸いたて、厚ぼったい舌で舐めたくった。

「やぁあっ、あンッ、そこっ……ヘン……あぁぁっ……！」

胸への愛撫は挿入前にされたが、頂に舌を使われるのは初めて。自分で見て知っているより先端が尖り勃っていたのにも驚いたが、――こんなにも感じるものなのかと、もっと驚きを感じる。

乳頭を舐めあげながら、将騎はちらりと視線を上げて玲の様子を確認する。

ふと、こんなに驚いてばかりいたら、また「鳩が豆鉄砲を喰った顔」のアレンジバージョンでからかわれてしまうのではないかと考える。

しかしそれはないようで、将騎は満足そうに口角を上げる。

「イイ顔をするな、玲」

「どんな……あっン、顔、ですか……」

「感じすぎて怖いけど、もっと感じたい、って顔」

ちょっと脚色されている気もするが、概ね間違いではない。

将騎の行為すべてが玲の身体を変えていく。体内の熱塊が玲の女の部分をどんどん引き出していく。

もっともっと、感じたいと、官能が騒いでいる。

胸の先端をしゃぶりながら抜き挿しを続けていた将騎の動きが、だんだんと速くなってくる。楽しそうに嬲る果実が唾液で照り輝き、そこに荒い吐息を感じた。

将騎も興奮しているんだと思うと、官能が歓喜してさらに昂っていく。

もっと興奮してほしいと感じ、――もっと興奮させてほしいと本能が彼を欲した。

「ふくしゃ、ちょっ……、ここ、ここ……ムズムズすっ……ああっ、ダメェっ……！」

鳩尾のあたりに置いたままの手を再び動かす。肌を掻いてもそれは治まらない。内側が疼いて仕方がないのだ。

「ああ、そうだったな。今、ヨクしてやるからな」

隘路に沿って往復していただけの雄芯が、グイッと大きく突き上がってくる。お臍の裏あたりを強く穿たれ、目の前に火花が散るような快感の連鎖に堕とされた。

「ひぁ……あぁっ！　そこダメェっ……！」

「ここが疼いて仕方がないんだろう？　たくさん突いてやるから……、好きなだけ感じろ」

「やぁぁん……！」

胸の果実を嬲りながら、将騎は腰の動きを速くする。パシンパシンと肌を叩きつけ、ぐずぐずに蕩けた蜜壷を蹂躙した。

「ふくしゃ……ちょっ……、ダメッ、そんなに……あっあぁ！」

「ん～、なんだか色気がないな。そうだ、副社長はやめて、名前で呼べ」

「な、名前……やぁぁんっ……！」

「苗字じゃなくて、下の名前」

「そんな……ああんっ！　失礼な、こと、んっ、ぁ、できませっ……！」

「こうやって気持ちよくなっているときは許す。ほら、そのエロかわいい声でヨがりながら呼んでみろ。玲のイイところ、突いてやらないぞ？」

エロかわいい声、という単語に羞恥心がくすぐられる。そんないやらしい声に聞こえているのかと戸惑うものの、褒められているように思えてしまうのは勘違いだろうか。

膝立ちになって腰を引いた将騎は、入り口で小刻みに動きながら玲の両脚をそろえ、片方の肩に預けた。

「ほら、れーい」

急かすように煽り、肩から伸びる脚に唇をつける。首を動かしながら脚に唇や舌を這わせる様子は、その肌や形を堪能しているようにもとれる。

ただでさえ雄芯の気配が小さくなって蜜窟が疼いているというのに、脚に加えられる愛撫がもどかしさを増長させる。

しかし「名前で呼べ」とは、ずいぶんな要求だ。それも下の名前、男性を下の名前で呼ぶのは由隆で慣れてはいても、それとは気持ちがまったく違う。

迷っているあいだにも、将騎は浅瀬で遊びながら玲の脚に執着する。片手でしっとりと太腿を撫で、片方の膝を曲げてつま先に唇をつけた。

「あっ……」

新たな刺激に足首が揺れて彼から逃げようとするものの、それを逃がすような将騎ではない。足の甲と裏を強く摑み、玲の抵抗を許さない。

つま先を咥えられ、五本の指を舐めしゃぶられた。

「は、ァ……やっ、ダメェっ……そんなとこ、舐めちゃ……ああっ！」

おかしい。どういうことか、——気持ちイイ。

足の指なんて普段じっくりさわる機会もない。足裏マッサージで痛かった思い出はあるが、自分で爪を切るときや友だちがペディキュアを塗ってくれたときだって特になにも感じないのに……。

「ああっ、やぁん、だめ……ぇ」

どうして、腰をくねらせて切ない声を発してしまうほど気持ちイイのだろう……。

くちゃくちゃと咀嚼するように舐られて、足の先から溶けてしまいそう。もしかしたら玲のつま先はキャンディだったのではないかと思えるほど甘い痺れが伝わってくる。

「んっ、ン……溶けちゃ……う、ハァ、ぁ」

腰が波打つと、花筒で遊ぶ肉茎も一緒に揺れる。玲自身が動くぶん刺激は増えるが、違うのだ、欲しいのはこんなものじゃない。

全身に溜まる疼きが吹き飛んでしまうくらいの、強い刺激が欲しくて堪らない。

「ダメ……も、おかしくなるぅ……」

泣きそうな声をあげて将騎を見ると、彼は足先に舌を這わせながらジッと玲を見ている。

まるで、猛獣が獲物を狩る目だ。

その目を見た瞬間、スッと一筋の冷たいものが背筋を伝い……理解した。

(あ……負けた)

抵抗もなにもなく、ストンっと腑に落ちる。

将騎の眼差しは勝者のもので、玲はもう従うしかすべがない。

むしろ、従いたいと、全身が哀願している……。

「……き、さん……将騎、さん、……もう、ダメ……身体、ヘンになりそうで……」

意を決して彼の名前を呼ぶが、口にするとずいぶんと心地よい。あんなに戸惑っていたのに、もっと呼びたいと思いはじめた。

「将騎さん……」

ズンッとした重たい刺激とともに淫路が満たされる。やっと与えられたそれに歓喜した官能がわななき、玲は背を反らせて悶えあがった。

「あああンッ……将騎さ、アン……、また、いっぱい……やぁぁ……！」

「玲がちゃんと言うことをきいたから、玲のイイとこ、いっぱい突いてやる」

将騎は勢いよく叩きつけるような抜き挿しをはじめる。腰を突き上げてはお臍の裏あたりの粘膜をえぐり、玲の愉悦をぐずぐずにした。

先ほどよりも肉棒が膨張している感覚に囚われながら、濡れ壁をゴリゴリ擦られていく感触に、玲はあえぎ啼く。

「ダメ……、ダメッ、激しっ……まさきさぁん……！」

「イイ声だな。ゾクゾクする。気持ちイイか、玲？　ああ、聞かなくてもわかるな。でも、玲のそのいやらしい声で聞きたい。気持ちイイか？　教えて」

「い、いやらしく……ないぃっ……あああんっ！」

否定したそばからいやらしい声が止まらない。将騎の腰が激しく前後し、パンパンと肌同士が弾ける音が響く。脚をまとめられて太腿が閉じられているぶん、出たり入ったりする猛々しいものの存在を強く感じられた。

「気持ち……イイ、です……将騎さん……将騎さぁ……ああん！　気持ちイイぃっ、ぁあっ！」

「玲がエロすぎて、俺のほうがヘンになるっ」

気がつけば、無我夢中で将騎に両腕を伸ばしていた。

すごく彼に抱きつきたかったのだ。

それを悟ってくれたのか、将騎は玲の脚を広げて軽く覆いかぶさってくる。容赦のない突き上げを繰り返し、胸のふくらみを揉みしだいては唇を重ねて口腔を貪る。

ヘンになりそう、どころではない。繋がった部分からぐじゅぐじゅとあふれる愛液と一緒に、蕩けてしまっているような気さえする。

「あああ、ダメ、もうダメェ……まさきさぁん……あああ――!!」

蕩ける意識が最高潮に達する。まぶたの裏で白い光が弾け、玲は快楽の奈落へ堕ちる。

そのあとを追うように将騎が苦しげにうめき、数回細かく腰を叩きつけて動きを止めた。

「玲……」

表情を作ることもできないほど恍惚とした気分が、玲を包みこんでいた。

お腹がきゅんきゅんして、彼と繋がっている部分が蠕動している。シーツに伸びた両脚は痙攣を起こして動かない。

頭がぼうっとするうえ全身がふわふわして、高熱でもあるみたいだ。繋がり合った部分がドクンドクンと脈打って、心臓が下がってしまったのかと思う。

「……俺を、誘惑しようと思った理由はなんだ？」

なにか質問を受けたのがぼんやりわかった。少し間を空けて、言葉が頭に入ってくる。

――俺を、誘惑しようと思った理由はなんだ？

（理由……なんだっけ……）

頭の中にぼんやりとその〝理由〟が浮かんでいる。しかし快感の余韻に浸っている玲には〝理由〟にまで思考が及ばない。

とても大切な理由だ。

玲がずっと、大切にして、目標にしていたこと……。

（大切……）

「……おかあさんと……じゅうになるため……」

またもや思考が追いつかないうちに言葉が出る。自分でもなにを言っているのかわからない。まるで自分の寝言が耳に入ってきたような感覚。

「そうか、わかった」

なにかに納得した将騎が唇を重ねてくる。強く吸いつかれ舌を搦め捕られて、ぼんやりした意識がやっと戻りはじめた。

気がつけば将騎が玲の顔にキスの雨を降らせている。くすぐったいのに、なぜか嬉しい。

「大丈夫か？　イったあとにぼんやりする顔もエロいな。どうなってるんだ玲は、俺を骨抜きにする気か」

「……大丈夫……じゃないですぅ……」

その言葉を口にして、思考が急速に回りだし重要なことを思いだしてしまった。

将騎との勝負だ。

玲が将騎のセックスに溺れるのが先か、その前に将騎をソノ気にさせられるか……。

勝敗は歴然ではないか。

「わたし……すごいことになっちゃってましたよね……」

将騎のセックスに溺れまくった。溺れたというか、溺死した。ドロドロに溶けてわけがわからなくなって……。

「将騎さんはずっと余裕そうだったし……やっぱりわたしの負けで……」

「引き分けだ」

負けを認めようとしたとき、コンッとひたいを打ちつけられる。玲の乱れた髪を手で撫でながら将騎が苦笑する。

「勝負のことか。俺も結構危なかった、というか、余裕はなかったし、玲も予想どおりドロドロだったし。だから、引き分け」

「引き……分け？」

「経験値から言っても、俺が有利なのは当然だし。引き分けでいいだろう？」

そう言われればそうだが、なんだか情けをかけられているような気もする。玲は処女だったのだから不利なのは当然だとわかっているなら、将騎はなぜ勝負なんて言いかたをしたのだろう。

彼は自分が有利で、なおかつ勝てる絶対的な自信と確証があったのではないか。

もしかしたら、最初から引き分けにするつもりだったのでは……。

「勝負は持ち越しだ。いいな」

「はい……それは……」

持ち越し、ということは、仕切り直しということだろう。勝負の仕切り直しとは、またこうして将騎に抱かれるということ。

「あ……」

ほわっと頬があたたかくなる。先ほどまでの痴情を思いだして膣壁がきゅうううっと収縮した。

「どうした玲、ナカが締まった。なにか興奮したのか？」

「あ……いいえ、……すみません」

将騎とはまだ繋がったままだ。当然、玲の反応は彼に伝わる。

彼自身の大きさがあまり変わっていないように思うのは気のせいだろうか。隘路にシッカリはまって、困ったことに刺激的だ。

「ああ、そうか、またこんなふうに俺に抱かれるんだと思ったら、さっきまでのことを思い返して興奮した、っていうことか」

「ち、違いますっ。……違わないけど……ハッキリ言われたら、恥ずかしいじゃないですか」

思わずムキになると、将騎がハハハと笑ってキスをしてくる。下唇を甘噛みされてピクッと反応すると、ゆっくり唇が離れた。

「思い返して興奮しそうなのは、玲だけじゃない。俺に抱かれてトロトロになっていた玲を思い返したら、俺だって今すぐ動いて玲を感じたくなる」

「それは……」

挿入されたままなのだから、将騎がその気になれば再びコトははじまってしまうだろう。

それでもいいかな……などと不埒な考えが浮かぶのは、やはり将騎に溺れてしまった自覚があるからだろうか。

「まあ、でも、今すぐってわけにはいかないな。このまま調子にのったら、外れるか破れるかしそうだし」

「なにがですか？」

「ん？　ゴム」

「ごむ？」

不思議そうにしてからハッと気づく。性行為で使用する〝ゴム〟といえば、避妊具のことではないか。

「あ……そうですよね、着けてくれてたんですね……」

「なんだ？　着けてないと思ったのか？　玲はハジメテだってわかっているのに、生で挑むようなかわいそうなことはしない」

「はい……」

ちょっと胸がジンッとした。ちゃんと、そういうところに気を回してくれる人なのだ。たとえそれが、玲だから、という理由ではなく男としての常識だからという考えだったとしても。その常識を忘れないでいてくれたことが嬉しい。

――母のことがあるから、よけいにそう思うのかもしれない……。

「玲、シャンパン、飲み直そう」

「シャンパン、ですか？」

将騎が玲の頬を撫で視線を絡める。しっとりとした艶のある眼差しに捕らわれて、目をそらせなくなった。

「さっき、全然飲めなかったろう？　あと、シャワーを浴びてリセットしよう。玲をびしょ濡れにしたお詫びに、俺が洗ってやる」

「そんな、お詫びだなんて……、それに身体も自分で……」

「ん？」

玲が慌てて出した言葉を、聞いているのかいないのか。または、聞こえなかったフリをしているのか。将騎は持ち前の破壊的な顔面で、艶やかな微笑みを披露する。

（なに……この色気。ズルくない？）

玲の髪をひと房指ですくって唇に持っていく。切なげな表情で、彼はゆっくりと腰を引いた。

「このままだと本当に動きだしてしまいそうだ。もっと玲を感じていたいのに……つらいな」

彼らしかぬ弱音に、胸がぎゅんっと大きく跳ねる。玲の前で、こんな切なそうに弱音を口にするなんて。心を許してくれた証拠ではないだろうか。

将騎に心を許してもらえるのは、ハニトラを仕掛ける側としては都合がいい。

「そんな、つらいなんておっしゃらないでください……。夜は長いですし、まだ一緒にいられますから」

なにを考えてそんな言葉が出てきたのかといえば……、なにも考えてはいなかった。将騎が玲と離れがたくなっていると感じた瞬間、口をついて出たのだ。

「そうだよな……まだまだ長い……」

手にしていた玲の髪を指に巻き、将騎は不敵な笑みを作る。

それを見て、玲は悟る。

——もしかして、罠にはめられた？

玲を感じるために、故意に切ない表情を見せたのではないか。

長い夜は、はじまったばかり……。

＊＊＊＊＊

調子にのった。

——のりすぎたと、我ながら思う。

眠る玲を胸に抱き、将騎はひたいを押さえてベッドルームの天井を眺める。

何時になったのだろう。感覚的に日付を跨いだのは間違いない。

――夜は長いですし、まだ一緒にいられますから。

もとより、今夜は帰す気などなかった。おそらく玲は深く考えずに口にしてしまったのだろうが、将騎を昂らせるには十分だったのだ。

ふたりでシャワーを浴び、玲の身体を洗ってやった。脚を洗うときだけ時間をかけすぎだと言われたが、将騎としてはもっとじっくりと時間をかけて、撫でまわしながら洗ってやりたかった。

しかしそうすると、間違いなく欲情してバスルームで玲を啼かせることになる。

残念ながら、避妊具を持ちこんでいなかったので、それは絶対に避けなくてはならない選択だった。

ふたりでシャンパンを飲み直したあと、バスルームでの鬱憤がベッドの上で爆発したのだ。

(予想外だ……。まさか俺が……こんなに夢中になるなんて)

理想の脚。玲がそれを持っているのなら、脚だけ愛でていれば事足りるはず。

それなのに、一糸まとわぬそのままの彼女が見たいと思った、胸に、首に、腕に、全身に触れたいと思った。

玲が将騎に感じて快感に紅潮した顔を見たい、快楽に囚われた声を聞きたい。

欲望のままに猛りまくった結果、数時間前は処女だった玲を失神するまで抱いてしまったのだ。

反省するレベルで、――調子にのりすぎた。

「……こんな感情は……初めてだ……」

ぽつりと呟き、ひたいから手を離して玲に目を向ける。果たして女性の寝顔とは、こんなにもかわいらしくて庇護欲を掻き立てるものだったろうか……。

湧き上がる愛しさのまま彼女の髪を撫で、ひたいに口づけた。

――おかあさんと……じゆうになるため……。

忘我のさざ波に揺られながら玲が口にした、将騎を誘惑しようとした理由。おそらく考える前に出た言葉なのだろうが、紛れもない玲の本音だ。

玲の母親はすでに亡くなっている。そのうえで、母親と一緒に自由になりたいと考えているということは、――要川家から自由になりたいという意味にとれる。

そう考えていくと、将騎を誘惑しようとした理由ではなく〝目的〟がみえてくるし、玲の行動に納得がいく。

要川側からの指示だ……。

「卑怯な真似を……」

一瞬揺らめいた憤りを鎮め、静かに玲を胸から下ろしてシーツに寝かせる。彼女を起こさないよう、そっとベッドルームを出た。

リビングのセンターテーブルに置いていたスマホを手に取り時間を確認。一時を過ぎていたが迷わず発信した。

「……やっぱりまだ起きていたな。春騎」

自分でかけておいてなんだが、将騎は耳にスマホをあてたまま、聞こえるように大きな溜め息をつく。すると、楽しそうな春騎の声が聞こえた。

『まだ一時半だよ。なんだい？　調べてほしいことでもある？　ああ、でも、手短に頼むよ。今ラストの二十ページに入ったところで緊迫したシーンなんだ』

「推理小説か？」

『海外のホラー小説。新人作家なんだけどね、すごいよ～。なかなか好みのグロさで、ページをめくる手が止まらないんだ』

「そうか……」

いつものことだが、こればかりは反応に困る。

巷では、おだやかで優しく、噂話などにはまったく興味を示さない誠実な人と評判の、二階堂春騎副社長。

外見のイメージから、ハーブティーを好み酒はたしなむ程度、趣味の読書は日本純文学や海外のファンタジー、と思われている。

……が。

酒は蟒蛇、ハーブティーや紅茶への評価は「ただの草」、好きな本は海外の容赦ないエログロホラー小説。

おまけに情報収集家で、彼にかかればあっという間に欲しい情報が手に入る。

調査上手なのはいいことなのだが、頼まれていないことや興味を持ったことまで勝手に調べまくるので、言い換えれば重度の情報収集マニアだ。

おだやかで優しい、という部分はある程度当たっていても、噂話などにはまったく興味を示さないというのは間違っている。

興味を示さないのではなく、噂になって広まるころにはすでに知っているので興味がないだけだ。

企業の情報から、将騎や春騎にすり寄ってくる女性のことまで、彼に調べられないことはない。

そんな春騎のマニア性が仕事にはおおいに役立っている。春騎の情報をもって将騎が動く。そこには間違いも失敗もない。

守りの兄、攻めの弟。

そう言われるゆえんである。

おだやかで優しい春騎副社長とは思えないマニアックな性格。もちろんごく一部しか知らないし、本人も言わない。

ある意味、マル秘事項といってもいい。

春騎が勝手に玲のことを調べたのも、ちょっとした興味からだろう。

辞退させるのを目的に仕掛けられた面接でのセクハラ発言、脚を見せろという要求に萎縮しなかった思いきりのよさ。

訳ありの女が飛びこんでこようが、ことあるごとに将騎から「辞めてもいい」を連発されようが、決してひるまなかった。

春騎の情報収集癖が疼かないわけがない。

そのおかげで、玲と要川家の関係を知ることができた。

「それなら手短に言う。カナメレジャーの常務なんだが……」

『ああ、玲さんの腹違いの兄？』

いやな言葉すぎて、将騎の眉がピクッと寄った。

「そいつの、女の趣味が知りたい」

『女王様だよ』

「は？」

『女王様タイプ。ハイヒールで踏みつけて罵ってくれるような』

「鞭で叩かれたい男なのか」

『痛いのは嫌いみたいだよ』

「じゃあ、スタイルか？　ボンデージにハイヒール」

『こう、上から見くだされるのが好きなんだろうね。同じように、誰かがいじめられているのを見て楽しむタイプ』

「クソだな」

『クソに失礼だよ、将騎君』

こんなセリフもにこやかに言ってしまうのだから、双子の兄ながら本当に面白い男だと思う。

『それこそ、要川氏が存命だったころは玲さんが今以上に蔑ろにされていたらしいし、腹違いの兄の指示で使用人たちも玲さんを無視するように言われていたようだから、屋敷内で孤立する彼女を観察しては興奮していたんじゃないかな』

無意識にスマホを持つ手に力が入った。自制するのが遅かったら、そのまま握りつぶしていたかもしれない。

「海に沈めたいものができた。コンクリートの手配を頼む」

『物騒だよ将騎君。それより精神的に殺すほうが面白い。将騎君がクソ兄の女性の趣味を聞いたのは、なにか目的があるのでしょう？』

「そうだな。……それにしても女王様とは……。まあ、できないこともないだろう」

ふむっと考えこむと、春騎の興味がこちらに向いたらしく弾んだ声が聞こえてきた。

『なになに？　楽しそう、将騎君、なにをやるの？』

「目には目を、ってやつ」

『そうか〜、それじゃあ、玲さんは将騎君のお気に入りになったんだ？』

安堵した様子が伝わってくる。なにをそんなに安心しているのか。

『将騎君は昔から、自分が気に入ったものはしっかり守る人だから。そうか〜、うんうん、よかったよかった』

ひとりで納得してほくほくしている。ご満悦な理由が少々不明だが、春騎が安心しているのはいいことだ。

それに、玲が「お気に入り」なのは間違いじゃない。

脚が好みというところから、彼女の思いきりのよさや真面目さ素直さが好ましくなり、シッカリ者の強い女性かと思えば、母親との思い出に涙を流す繊細さを併せ持つ。

将騎に脚以外にも興味を持たせ、抱きたいと思わせたのは、玲が初めてだ。

『あっ、将騎君、きっとやる気に満ち満ちているんだと思うんだけど、守屋君に連絡するのは朝になってからのほうがいいよ。夜中に起こすとものすごく機嫌悪くなるから。お願い聞いてもらえなくなるよ』

言われなければ、すぐに電話をするところだった。

「サンキュー、春騎」

『どうしたしまして。将騎君は僕のお気に入りだから、将騎君がやろうとしていることは全面的に応援するよ』

心強い言葉をもらって、将騎はふっと微笑んだ。

思い出のクッキーで涙を流した玲を思いだし、どれだけ肩身の狭い思いをして生きてきたのだろうと胸が痛む。

(俺に溺れろ、玲。そうしたら、俺はおまえのどんな願いでも叶えてやる)

彼女が作った優しい味のクッキーが頭を巡り、久しぶりに、ホットケーキが焼きたくなった。

第四章　貴方に溺れる蜜の罠

将騎に勝負を仕掛けられ、彼と身体の関係を持ってから約二週間ほど……。

「……今日は、帰っていいですか?」

「どうして」

ホテルのベッドの中、おそるおそる尋ねた玲の言葉を、将騎は軽く返す。そんな必要はないだろうと言いたいのが雰囲気から伝わってくるようだ。

あれから平日休日を問わず将騎の誘いに応じて、ほぼ毎日のように彼に抱かれている。

それはいいのだが、結局抱き潰されてしまって朝までコースの毎日なのだ。

「夜はまだまだ長いんだ。それとも、玲は今夜の勝負を放棄するのか?」

「しっ、しませんよっ」

ついムキになってしまい、してやられたと気づくが、時すでに遅し。

将騎がニヤリとしながら、不埒な唇の端に咥えた避妊具の封を切った。

「もっともっと玲を悦ばせたいんだ。帰っていいかなんて、寂しいことを言うな」

甘い声が鼓膜を犯しにかかる。鼓膜どころか、子宮がきゅんきゅんするレベルだ。

将騎はズルい。こんな声を出されたら玲が抗えなくなることを知っている。

「将騎さん……」

自分でわかる。もう駄目だ、今夜も帰れない。――離れたくない。

「そんなかわいい顔で誘うから……帰るなんて考えられなくなるんだ」

帰ったって、待っている人もいないし、玲が帰ってこなくたって気に留める人もいない。

それなら、心も身体も心地よさに浸れるこの時間を大切にしたいと思う。

――そんなある日、将騎に「仕事が終わったら執務室で待っていて」と言われた。

彼が外出から戻ってくるのを待って、そのあとホテルに行こうという意味だろう。

そう思っていた。……のだが。

「すごい！　すごいですね、副社長っ！　天才ですかっ！　いや、天才でしょう！」

執務室備え付けのキッチンで、玲は盛大に褒め言葉を発しつつ拍手をする。大げさでもお世辞でもなんでもない。目の前で見てしまったものに対しての正直な感想だ。

「そんなに綺麗なホットケーキの焼き色、フライパンの広告でしか見ませんよ！」

例えを別のものにしたほうがよかったかもしれない。黙って褒められていた将騎も、さすがにプッと噴き出した。

「なんだそれは。食レポセンス減点だな」

出してきたばかりの平皿の裏で玲の頭を小突く。ちょうど前髪の分け目に高台があたり、予想外に痛い。

「まだ食べてないですよ。それに〜お皿の裏、痛いです」

「ん？　痛かったか？」

指先で皿があたった分け目をさすっていると、そこに将騎の唇が触れる。

「痛いの痛いの、飛んでけ」

（はいいっ！！！？？？）

「普通にバターとメープルシロップでいいか？　それともはちみつ派か？　そういえば冷蔵庫に守屋が置きっぱなしにしている桃のジャムがあったな」

いきなりのかわいいおまじないにうろたえる玲に反して、将騎はまったく気にしていない。焼き上がったホットケーキを皿に取り、さらにもう一枚焼きはじめる。

終業時間から三分後、外出から戻った将騎は「玲、ホットケーキ食べたくないか？」と聞きながら玲のデスクにホットケーキの材料が入った袋を置いたのである。

クッキーの一件で彼がホットケーキ好きだとわかっていたので、食べたいから作れという意味だと思った。ここに置くということは、キッチンで作って食べようという意味なのだろう。

「仕事が終わったら執務室で待っていて」という言葉を、てっきりエッチなお誘いだと思いこんでいた自分がちょっと恥ずかしい。

将騎が食べたいというのなら作るしかない。玲は張りきって答えたのである。

『食べたいです！　ホットケーキ大好きですよ！』

ムチャクチャ美味しいの作りますね、そう続くはずだったセリフは、アッサリと将騎にとられた。

『よし、それじゃあ、ムチャクチャ美味いのを作ってやる。ああ、コーヒーは玲が淹れてくれ』

荷物を持ってキッチンに向かう将騎を、呆然と見送ったのである。

しかしすぐに、料理をする将騎の姿、見逃してなるものかとばかりに玲もキッチンへ飛びこんだのだった。

「バニラアイスも買ってくればよかったな。のせて食べると溶けかけのアイスが生地に染みて美味い。子どものころ、春騎とふたりで馬鹿みたいにのせて、ホットケーキを食べているのかアイスを食べているのかわからない状態になったことがある。ふたりそろって腹を壊して爺やに叱られた」

焼きながら話してくれる幼いころの思い出話。本人はホットケーキの思い出繋がりで何気なく話しているのだろうが、そばで聞いている玲にとってはレアすぎる話だ。

幼い二階堂兄弟が、バニラアイスクリームをこんもりとのせたホットケーキを前にニコニコしているなんて、想像しただけで……。

（かあわいいっ！　なにそれ！　かわいすぎるでしょう！！！！！）

考えはじめると妄想が滾る。こんなすごい話を聞いてしまっていいのだろうか。まさか子どものころの話をしてもらえるなんて。

それもお腹を壊して叱られたなんて失敗談付き。子どものころとはいえ、こんな完璧兄弟のかわいい失敗を聞ける機会はそうそうないだろう。

（でも……叱ったのは両親ではないんだ……）

そこがちょっとだけ引っかかる。「爺やに叱られた」の「爺や」とは。

実の祖父ではないことだけは確かだ。

脚に執着する変態さんではあるが、彼は正真正銘のお坊ちゃまなのである。

「玲はなにをかけるのが好きだ？　子どものころはどうやって食べるのが好きだった？　教えてくれるか？」

「そんな、教えてくれるか？　なんて遠慮しなくても大丈夫です。わたしなんかの話でいいなら、うるさいって怒られるくらい話しますよ」

幼いころの話を聞けば、おのずと母親の話題に触れる。将騎は、それを気にしてくれたのではないだろうか。

(優しい人なんだよね……)

彼の秘書になって三週間。仕事の他にもいろいろなことがあるが、ハッキリとわかっていることがある。

最初の印象より、将騎は気遣いができてとても優しい。

もうひとつ、なんとなくわかってきたのだが、彼は思っていたような女ったらしではないことだ。

「子どものころは、たまに出てくるケーキシロップが好きでした。スーパーのお菓子作り用の商品が並んだところによくあるんですけど、そうですね……メープルシロップをあっさりさせたような味、かな？　あとはなにもかけないで牛乳に浸して食べるとか。夢はアレです、お皿の下に溜まるくらい本物のメープルシロップをかけることでしたね。本場のものは高価なので」

「好きなだけかけろ」

将騎がメープルシロップの瓶を作業用テーブルに置く。眉間を押さえ、しみじみとした声を出した。

「全部かけていい。なんなら飲むか？」

「いや、さすがにそれは……」

考えただけでお腹からメープルシロップの木が生えてきそうだ。それも彼が差し出してきたのは、カエデの葉がデザインされた本場カナダのメープルシロップの瓶である。

（うわぁ……本物だ）

ついキラキラした目で見つめてしまう。瓶を眺めたあと、玲は将騎に視線を移した。

二枚の皿に焼きたてのホットケーキを重ねていく将騎は、スーツの上着とウエストコートを脱いで調理している。

エプロン姿を見てみたかった気もするが、このワイシャツの背中にシワを作るブレイシーズがなんともセクシーで、つい凝視してしまうのだ。

（腰の線、綺麗なんだよね……。裸も綺麗だけど、なんていうか、引き締まってる。広い背中……、イクとき、肩甲骨のあたり、グッと握ったとき気持ちイイんだよね……）

将騎の背中を見ながらいやらしいことを考えそうになっていた自分にハッとする。お腹の奥が小さく、ずくん……と疼いてさらに焦った。

（やらしいなぁ、なに考えてるんだろう。これじゃあ副社長が脚を見て欲情するのと同じじゃない）

毎日抱かれて玲の身体が将騎を覚えてしまっているせいか、彼を眺めていると不埒な思考が巡るようになってしまった。

彼の仕草や身体のパーツが、玲の官能に響くのである。

玲の脚にこだわる将騎もこんな気持ちなのだろうかと思うと、変態さんと言っていた彼のフェチ性も理解できてしまう。

まさかこんなにも将騎に身体を慣らされてしまうなんて。これは〝溺れた〟うちに入るのだろうか。

彼が言う玲が負けの条件は「玲が俺のセックスに溺れたら」なので、入らないようにも思うのだが……。

毎日のように抱かれていても、ふたりの勝負はまだついていない。

玲としては、毎回とんでもなく感じてぐずぐずにされているので、間違いなく将騎に溺れているのだと感じている。

しかし、将騎は毎回〝引き分け〟を言い渡すのだ。

『俺も危なかったから、引き分け』

玲が先に将騎をソノ気にさせたら、将騎の負け。ソノ気というのはなんだろう。どんな気持ちにさせたら、玲の勝ちなのだろう。

「できたぞ」

将騎が両手に皿を携えて振り返る。不埒なことを考えていたのがバレないよう、玲は大げさなほど笑顔を作った。

「うわあ、ムチャクチャ美味しそうです。こんなに上手にできちゃうなんて、やっぱり副社長はすごいですね」

「なんだ？　ずいぶんと褒めるな。なにか頼みでもあるのか？」

「頼みなんて、そんな……」

――抱いてほしいです。

心の声にドキリとしつつ、玲はハッと思い立ってコーヒーの準備をはじめる。

「コーヒー、淹れますね。出来上がりと同時に用意できていればよかったのに。すみません。キッチンで食べますか？　それとも執務室のほうに持っていきます？　でも執務室にホットケーキのいいにおいがこもって、守屋先輩が駆けつけてきちゃうかもしれませんね」

「守屋は今出向中だから、心配ない」

「そうなんですか？　ここ数日、姿を見ないなとは思っていたんですけど。えっ？　じゃあ、春騎副社長は秘書ナシなのでは」

「問題ない。もともと春騎も、俺と同じでひとりでなんでもやってしまう。春騎の場合は……むしろ、秘書がいないほうが自分のやりたいことができていいだろう」

「そうなんですか。それならどうして秘書の募集を？」

「守屋にも聞かされたと思うが、隙あらば自分の娘やら孫やらを潜りこませようとする輩が多い。留守番でもいいから〝秘書〟と名のつくものを置いておく必要がある」

「そういえばそんな話を伺いました。ですが、今は秘書がいない状態なんですよね。大丈夫なんでしょうか」

採用された初日に、守屋がキッチンで二階堂兄弟のあれこれを話してくれた。

大きな企業の御曹司なのだから結婚問題というものはついてまわるにしても、縁談目的で秘書を決められてはたまったものではないだろう。

そう考えると、由隆に縁談があるという話は聞いたことがない。あるのかもしれないが興味がないので知らないし、玲が思うところ、いかがわしい女王様の画像視聴をやめない限り嫁もこないのではないだろうか。

別に心配しているわけではない。由隆の結婚問題とか、そもそもカナメレジャーを継げるのかとか、正直どうでもいい。

縁を切ればそれまでだ。

よけいなことまで考えてしまった。小さく息を吐きつつ、ミルで挽いたコーヒーの粉をペーパーフィルターに移す。

ゆっくりと少量のお湯を注いで粉の蒸らしに入ると、うしろから将騎の両腕が身体に巻きついてきた。

「玲」

「あ、コーヒー、もう少し待ってくださいね。メープルかけて甘くして食べるなら、コーヒーは少し苦めにしましょうか？」

「春騎が気になるのか？」

「え？」

「春騎に秘書がいなくて大変だから、玲がかけ持ちするとか……許可はできない」

「そんなこと言いませんよっ」

慌てて否定をする。考えもしなかったことだ。

「玲はもともと、春騎の秘書になりたくて面接にきていたたし、春騎と話すときは嬉しそうだ。秘書がいないならかけ持ちでわたしが、とか考えているのでは？」

「考えもつきませんでした。もぅ、副社長、おかしなこと言うんですね。やきもちですかぁ？」

冗談半分に出た言葉は、照れかくしでもあった。

将騎の口調が、少し怒っているような……焦っているようにも聞こえて、玲が春騎を気にかけるから気にしているのだろうか、などと自惚れそうになってしまったのだ。

「そのとおり、やきもちだ」

身体に巻きついていた彼の両手がブラウスの上から胸のふくらみを持ち上げる。お湯を注ごうとケトルに伸ばしかけていた手を慌てて引っこめた。

「危ないですよ、副社長、お湯、取る直前だったのに」

振り向いた顔を片手で固定され、唇が重なって強く押しつけられる。もう片方の手はじんわりと胸の上で動きだす。

「んっ……ぁ、ふくしゃ……ちょ、ァンっ……」

どちらからともなく舌を絡め合うと、押さえていなくても大丈夫だと悟った手が胸に戻り、ブラウスのボタンを外す。すぐにブラジャーのカップから、丸いふくらみがふたつまろび出た。

「ほら、副社長じゃないだろう？」

「で、でも……」

「なに？」

「きょうは……シないんじゃ……」

「誰がそんなことを言った？　こんなに乳首を硬くしているくせに、なにを心にもないことを言っているんだ」

「心にもないとか……ぁあっ、やぁん」

乳首をつまんでぐにぐにと揉み立てられる。将騎が言うとおり、そこはすでに尖り勃っていて自分でもその反応に驚く。

「やぁ……ンッ、どうして……あっ、あンッ」

手のひらで大きく転がされ、快感に染まった果実は右へ左へされるがままに首を振る。

その刺激がトロトロと流れ落ちてきてだんだんと腰が引けてきた。

「ダメ……ダメ、副社……ちょ、将騎さん……、今、シたら……」

「ホットケーキ食べられなくなる？　大丈夫、ちゃんと食べる。でもその前に玲を感じたくなった。玲も食べたいだろう？　……俺のコレ」

　ストッキング越しの太腿に硬質なものが押しつけられる。トラウザーズのフロントを突き破ってきそうな勢いで張りつめているのがわかった。

「どうして、もうそんなに……大きくなってるんですかぁっ、ぁんっ」

「玲が、いやらしい目で俺のことを見ていたから。俺の姿で発情してるんだと思うと、ゾクゾクして堪らなくなった。ホットケーキを焼き上げるのに必死だったんだ。どうしてくれる」

「そんな、いやらしい目なんて……ハァ……あっ」

「していた」

　胸から離れた片手がスカートをたくし上げながら太腿を探る。内腿を撫で、ときおり思わせぶりにストッキングを指先に引っかけた。

「ほら、このあたりまで湿気でムンムンしてる。ショーツも濡れてるんじゃないか？　俺のどこを見てそんなに興奮した？　教えて、玲」

「ひあぁっ」

耳の輪郭を甘噛みされビクッと震える。思わずカウンターに両手をつくと、将騎がコーヒーサーバーを端に寄せた。

どうやらコーヒーは後回しになりそうだ。玲もここまで感じているのに否定する意味はない。脚のあいだが湿気でいっぱいなのは自分でも感じている。

「ん、ぁっ、腰……です。綺麗だな……って、ハァ、あっ」

「腰だけ？」

「ぁあっ、背中も……ぅうん、全部……将騎さんの身体、綺麗だから……」

口に出すと、毎日のように見る将騎の裸体が思い浮かぶ。均整のとれた体軀にぶるぶるっと身震いを起こし、脚のあいだにじゅわっとあたたかいものが広がった。

「玲に言われると嬉しいな。あとでたっぷり見せてやるから。ひとまず……これ、なんとかしよう」

内腿にあった指がストッキングを引っかける。派手な音とともに引き裂かれ、ショーツの上から割れ目に指が喰いこんできた。

「あっ、やぁんっ……！」

「俺の裸を想像してこんなに濡らして。いやらしいな」

濡れた声が耳朶を嬲る。どっちがいやらしいんだと言いたくなるような上ずった吐息で耳介をいっぱいにされ、這いまわる舌が耳孔の上で蠢く。

「あっ、あ、ぁっ、やっ、耳……ぁぁん」

ぐちゅぐちゅと唾液の音が聴覚を犯す。耳ではなく頭の中に響いて、淫音に酔っていく。

濡れたショーツを上に引っ張られ、秘裂に喰いこんだ濡れ布が刺激的すぎる。強く引っ張ってはゆるめ、また引いて揺り動かす。いやらしい器官がいっしょくたに刺激されて、揺れる腰が止められない。

「ふっぅ、ぁぁ……将騎、さっ、ああっ……そんな、にしちゃ……」

「イっちゃう?」

喰いこんだ布と一緒に陰核をつままれ、甘ったるい電流がショートした。

「やぁぁん——!」

布に刺激されながら蜜を吐き出す膣口がきゅんきゅんする。

これ以上刺激されるのがつらいのか、もっと強い刺激が欲しいのかわからないまま腿を締めて擦り動かした。

「まさきさぁん……」

それでも、無意識の反応は正直すぎた。玲は潤んだ瞳で将騎に顔を向け、啼き声で呼びかける。

「うん、俺も限界」

玲の腰を引き、お尻を突き出させる。広げた脚のあいだにかがむと、将騎は愛液で濡れた内腿を舐めあげた。

「あああっ……！」

「玲の湿気とにおいで最高の空間」

「やっ、やだぁ……ああんっ！」

避妊具の封を切り、くつろげたフロントから飛び出してくる剛直にそれを施しつつ、将騎は最高の空間を作る大本に唇をつける。

滴り落ちそうな蜜をすすり、喰いこんだショーツを歯で引っ張って、喰いつくように舐めたくった。

「やっ、やっ、あっ、ダメ、きもちィィっ……」

ついつい腿の間隔が狭まって、将騎を挟んでしまい慌てて開く。しかし、かえって挟んだほうが彼は悦ぶのではと思い直して軽く挟んだ。

「挿れる前にデそうだ」

立ち上がり玲の腰を引き寄せた将騎は、かつてはショーツだった布を寄せて熱り勃ったものを挿入する。すぐさま力強く律動した。

パンパンパンと肌がぶつかる音がキッチン内に響く。その激しさに玲の身体も大きく前後した。

「やっ、あっぁぁっ！　そんな、いきなり激し……あああんっ！」

「玲が悪い。太腿に挟まれて正気でいられると思うな」

「悦ぶかと思ってぇ……ああっ、ダメェ！」

「すごく悦んでる。もう最高。あとでもう一回やってくれ。そのためには、今は玲をあまり疲れさせるわけにいかないな」

両側から太腿を摑み、突き上げるように腰を振りたくる。お臍の裏をゴリゴリと擦られ、快感のスポットを穿ち続けられると、すぐに絶頂へと引っ張り上げられた。

「やぁぁん……まさきさぁん――――!!」

隧道がぐぐっと収縮し、収まる巨杭に解放を促す。それが大きく震えたのを感じると将騎が玲を強く抱きしめた。

「今疲れさせたら、このあと生足を堪能できないから、ひとまずウォーミングアップな」

「ウォーミングアップが……、ちょっとハードじゃないですか……ハァ……」

「このくらいでハードって言うな」

「将騎さんは……性欲オバケですね」

「それについてこられている玲もだろう」

ちょっと冷やかしたらやり返されてしまった。ムキになって「そんなことないです」と言ってもいい場面だが、将騎についていけているというのはなんだか嬉しい。

ずるっ……と大きな質量が中から抜けていく。挿入のときはもちろんだが、抜けるときも大きな刺激があるので、絶頂の余韻が抜けきっていないと愉悦が煽られてつらい。

「あっ……！　ぁぁンッ」

抜かれるときにはいつも感じてしまう。蜜壺が痙攣して、どうして出ていっちゃったのと悲しがる。

「またあとでたっぷりかわいがってやるから、そんなにさみしがるな」

将騎がこめかみにキスをする。なんでわかるんですかと言わんばかりに拗ねた目で見ると、クスリと笑われた。

「抜くときにキュウって締めつけてくるだろう。抜かないで、行かないで、って言われてるのがわかる。玲が思うより、玲の身体は正直だから」

とても恥ずかしいことを言われてしまった気がする。

それでも、「抜かないで」「行かないで」は当たっているように思うので、強く否定はできない。

「あの……将騎さん？」

「なんだ？　控えめだな。お願い事でもあるのか？　玲のイきっぷりがエロかわいくて気分がいいから、なんでも聞いてやる」

「なんですかそれ、そうじゃなくてですね……」

強めに否定したものの、せっかく「なんでも」と言ってくれたのだからカナメレジャーの話を出してもよかったかもしれない。

――いや、駄目だ。ハニートラップが成功して将騎が玲に夢中になっていると確認できなければ、不信感をいだかせるだけ。

それだから、抱かれるたびにこの確認が必要になる。

「……今の……勝敗は……」

「引き分け」

当然のような即答。まるで聞かれる前から決めていたかのよう。

玲は軽く息を吐きながら肩を上下させ、両手で頬を押さえてカウンターの端に目を向ける。

「コーヒー、淹れ直します。ホットケーキが少し冷めちゃっただろうから、熱いやつ淹れますね」

行為の邪魔にならないように寄せておいてくれたコーヒーサーバーを指さすと、将騎は軽く声をあげて笑う。

「そうだな、熱いのを頼む」

「舌、火傷するかも」

「玲が火傷をしたら、俺が舐めて治してやる」

手で顎をかたむけられ、唇が重なる。舌同士が優しく触れてやわらかな気持ちが流れこみ、本当になんでも治してもらえそうだと感じた。


翌日、将騎は個人的な接待があるとのことで、夕方からの外出となった。

それなので、玲は終業時間どおりに会社を出たのである。

時間的に、オフィス街は帰路につく人やまだ仕事中の人などでにぎわっている。そんな雑踏の中を、玲は駅へ向かって歩いていた。

思えば、こんな光景も久しぶりに見る。将騎に抱かれるようになってから、仕事が終われば毎日彼と一緒だったからだ。

今日は彼を感じられないのだと思うと身体がきゅっと縮こまるように寂しくなる。抱いてほしい……、そんな気持ちでいっぱいになるのだ。

——わたしは、すでに将騎さんに溺れている……。

彼に抱かれるたび、毎回思う。

すでに負けを覚悟している。

けれど、将騎はいつも「引き分け」の判定を下すのだ。

（どうしてだろう。将騎さんも「危なかったから」とか言うけど、絶対にわたしのほうがおかしくなってるのに）

ハニートラップを仕掛ける。その目的が、二の次になっている自分を感じる。

将騎に抱かれるのはハニトラのため、要川と縁を切る目的のため。――そう自分に言い聞かせながら、将騎に抱かれるのを心待ちにしている自分がいる。

快楽を与えられてほだされた。それもあるかもしれないが、将騎がそばにいて、玲にあれこれ構ってくれるのが嬉しいのだ。

仕事に熱くて、社交的で機転が利く。大きな仕事も、彼に任せておけば心配はいらない。厳しく完璧な、将騎副社長。

面接日に受けた印象は、一筋縄ではいかなそうな男だった。けれど彼のそばで仕事をして接しているうちに、だんだんとその印象が変わってきた。

仕事のうえでは間違いなく一筋縄ではいかない人物だろう。だが、優しく情に篤い部分も多い。目の保養要員であるはずの玲にも気持ちをくれる。

思い出のクッキーを食べてくれたとき、泣いてしまった玲にかけてくれた優しさ。あれが彼の本質なのではないかと思うのだ。

抱かれるようになってからは、彼の行動、言葉、その姿を前にもまして意識するようになった。

そして二週間ほど前から「今度はいつ会えるか」という趣旨でかかってくる将騎あての電話を受けるのが苦痛になってきた。

かけてきているのは〝将騎が相手をした女性〟である。百戦錬磨な彼に魅せられ、肌を重ねた女性たち。

宥めすかして彼への誘いを断って、波風が立たぬようフォローする。そんな後始末を続けているうちに、ふとおかしなことに気づく。

——将騎は、いったいいつ、この女性たちに会っているのだろう。

それこそ、玲が将騎に抱かれた二週間ほど前から、終業後、彼は毎日一緒にいる。平日でも毎日お泊まりで、帰してもらえる気配がない。おかげで昼休みやお使いのついでに着替えなどを取りに戻る始末。仕事のことも考えて、平日は行為をセーブしましょうと提案はしたが、守ってくれているような気もしない。

休日前の週末は……言わずもがな、である。

つまりは、将騎には玲以外の女性を抱く時間的な余裕はないはずなのだ。

彼がひとりで行動するのは勤務中だが、その時間で……というのも考え難い。

彼はしっかりと業務をこなしている。間違っても仕事中に、どこぞのご令嬢とやらと淫らな行為に及ぶ余裕などない。

女性たちに対応しながら、さりげなく将騎に会った日や状況などを聞き出し、玲はとんでもない誤解をしていたことを悟った。

——将騎は、より取り見取りで女性に手を出していたわけではない。

というより、手など出してはいない。

言い寄ってきた女性たちと身体の関係を持ってポイ捨てしているなんて、まったくの勘違いだったのだ。

女性たちが将騎と顔を合わせるのは、だいたいが昼食会や取引先同士の顔合わせの場。もちろん、親しい仲になってくれたらと画策する親に連れられて現れる。

彼の紳士で社交的な顔に魅せられない女性はいないだろう。当然、個人的に会いたいと思うはずだ。

その場で誘いを受けて将騎が返事をするわけもなく、「またいずれ」と言われた女性が連絡を取ろうと会社に電話をしてくる。

さらに将騎は、そんな面倒を春騎のぶんまで引き受けている。

ときどき兄弟ふたりで行動することがあり、おそらく春騎がターゲットになっている会合には必ず将騎が同行している。そこで当事者を自分に惹きつけ、その後、捌いてしまうのだ。

守屋が教えてくれた。二階堂兄弟は誘惑が多い。将騎は強気でいけるが春騎はそれができない。春騎の後始末は、将騎がしているのだ。

優しい性格の春騎がつけこまれぬよう、将騎が守っている。それだから、玲が面接にきたときも、春騎の秘書募集なのに将騎が同席していた。

面接でのセクハラ発言は、春騎目当ての女を近づけないため。

あのとき、春騎が気さくに話しかけてくれたおかげでずいぶんと会話が盛り上がった。楽しそうに話していたことから、将騎には玲が春騎目当ての女だと映ったのだろう。

それだから、排除対象になった。

ただ、脚が好みだったというのは本音のようなので、玲がひるまず脚を見せたことで自分の秘書にして様子を見ようと考えたのかもしれない。

あのときはやたらと「辞めてもいい」を連発されたし、翌日出勤したときは守屋とふたりそろって出勤したことを驚かれた。

守りの兄、攻めの弟。

二階堂ホールディングスの未来を担う、ふたりの副社長。

表立って行動するのが得意な押しの強い将騎と、情報収集から完璧なプランの土台を用意できる春騎。

仲のいい兄弟は、きっと幼いころからお互いの得意分野を生かして助け合ってきたのだろう。

(将騎さんは……女ったらしなんかじゃない……)

足が止まる。大きな交差点の手前、ちょうど赤信号だ。交差点の先には目指す駅が見える。

夕焼けの朱色がまぶしい。この時間にひとりでいるのは久しぶりだ。周囲にはたくさんの人がいるのに、さみしさが胸に宿る。

「将騎さんに……会いたいな……」

ぽつりと出る言葉は、雑踏にかき消される。ひとりごとを言ったって誰も気にしない。

ひとりにされるのは久しぶりなうえ、将騎が女性を捌いていた本当の理由を知ってしまったことで気持ちが軽くなっている。

そのせいか、無性に彼に気持ちが持っていかれているのを感じていた。

「……溺れてるのは……わたしだ……」

つくづく感じる。

もう、勝負はついている。

いくら将騎が「ギリギリだった」とか「危なかった」とか言って引き分けにしてくれても、玲の負けは確定しているのだ。

ハニートラップなんて、どうでもいい。

将騎のそばにいて、彼に抱かれていたい。彼が理想の脚と言ってくれるなら、一生彼のものにしてくれてもいい。

それがどういう意味かもわかっている。一生彼のものということは、彼が二階堂ホールディングスの後継者のひとりとして結婚したあと、——愛人になるということだ。

しかしそれだと、母との約束を守れない。

——玲は、ちゃんと自分を愛してくれる人に出会ってね。

「……ごめん……お母さん……」

身も心も、将騎に溺れている。それがわかる。

「ごめん……」

「なに謝ってんだ？　馬鹿か？」

総毛立ついやな声が聞こえた。それも真横で。顔を向けるまでもなく、由隆のしかめっ面が視界に入る。

ぎこちなく顔を向け、引き攣った笑顔を見せた。

「ゆ……由隆様……、こんなところで、偶然ですね……」

「偶然でもない。こい」

こちらの予定も聞かないで歩きだす。聞く気などないのだ。いつものことだと、うしろを歩きながらついた溜め息は、夕刻の騒がしさにかき消される。

店舗前の路肩に派手な赤い車が停まっている。スポーツカーで有名な海外のメーカーだ。

「乗れ」

前脚を上げた跳ね馬のエンブレムは玲も知っている。

もちろんと言ってはなんだが、由隆の車ではない。

なにが目的かわからなくて戸惑っていると、腕を引っ張られ後部座席に押しこまれた。横に由隆が乗りこみドアが閉まるとすぐに車が走り出す。

玲と由隆の他には運転席にひとり。長い髪が見える。どうやら女性が運転しているらしい。

(あれ?)

車は左ハンドルだ。玲の位置からは運転している人物を斜めうしろから確認できる。ハッキリとではないが確認できる運転手の横顔に、見覚えがあった。

(この人……)

思いだしかける。が、思考は由隆に邪魔をされた。

「最近は屋敷に帰ってこないし、休みの日もいないし、報告も途切れている。だからわざわざ聞きにきてやったんだ。感謝しろ」

後部座席でふんぞり返る由隆は、いつにもまして嫌味っぽく居丈高だ。

確かに報告は途切れていた。せっかく将騎に抱かれていい気分なのに、それを由隆に指示されたハニトラ作戦と繋げたくなかったのだ。

気になるなら自分から聞いてくればいいのに。なにも言わなくても玲が自分が望むことをすべてやると思っている。

「で?　どうなんだ、二階堂のほうは?　上手くいってんのか、ハニートラップ」

「それは……」

答えに困る。別に正直に答えてもかまわないのだが、運転している女性は明らかに部外者だ。ハニートラップが上手くいっているかなんて話は秘密裏に行うものではないのか。

玲がチラチラと運転席を見ているので、さすがに由隆も察したのだろう。高笑いをしてから顎を上げ、なぜか自慢げに玲を見くだした。

「よけいな心配をするな。彼女は理解者だ。知り合ったのは一昨日だが、こんなに話がわかる素晴らしい女性はいないない」

「一昨日……」

（馬　鹿　な　のっ？？？？？）

開いた口がふさがらない。一昨日知り合ったばかりの部外者に、ハニートラップ計画を話したというのか。

「それで？　ハメたのか？」

なんて下衆な言いかたをするのだろう。答えたくもないが一応「はい」と小声で答える。

すると由隆は反りかえっていた身体を戻し、期待に満ちた目で話に喰いついてきた。

「マジか～、おまえもやればできるじゃないか。それで？　どうなんだ、手玉にとれそうか？」

「それは……まだ……」

「なんだー、やっぱりな、おまえはそういうやつだよ！　ったく、使えねー！」

素晴らしい変わり身の早さ。背もたれに両腕を預けて再びふんぞり返った由隆は、眉を寄せて玲を睨む。

「さっさと骨抜きにしろよ。おまえテクなしか？　一日中咥えてイケメンのムスコかわいがってやれよ。それで堕ちるだろうが」

「副社長は、仕事でほぼ外出していますから」

「だったらよけいに！　戻ってきたらひっついてろっていうんだよ！」

苛つくように声を荒らげ身体を戻す。ずいっと身体を寄せてきたので、とっさに座席の端に逃げた。

「あー、そーかそーか、男の悦ばせかたがよくわかってないんだな？　それなら、行きつけの店に教えてくれそうなオニイサン方がいるから、何人か頼んでくるか。三人、いや、四人かな。五人くらいどうだ？　おまえの泣きっ面、僕も見てみたいし」

反射的にひっぱたきそうになった。動きかけた両手をぐっと握りしめてこらえる。

「いつだっけ？　おまえの悲鳴が聞きたくて三人くらいけしかけたことがあったっけ。でもあのときは邪魔されたんだよな。ほら、あの、おまえにくっついてた家政婦のババア。血相変えて包丁振り回して、ヤバかったよなぁ」

当時を思いだしたのか楽しそうにくつくつと嗤う。由隆から受けた数えきれないいやがらせのうちのひとつだ。思いだしたくもないのに記憶の底から掘り起こされる。

大学生になったばかりのころ、いきなり部屋に三人の男が乱入してきた。遊んでいる風の若い男たちで、当時由隆が通っていたいかがわしいクラブの常連らしかった。

その男たちに、乱暴されかかったのだ。

組み敷かれて服を破られる玲を見て、由隆が顔を紅潮させてニヤニヤしていたのを覚えている。

しかし、すぐに部屋へ飛びこんできた照子が助けてくれた。厨房から持ち出した肉切り包丁を振り回して「警察を呼んだよ！　すぐにくるからね！　その子から離れな！」と叫んだのだ。

照子に関してはおだやかな老女というイメージしかなかったのに。そのときの彼女は、鬼でものりうつったかのような形相だったのを覚えている。

それだけ、同じ女性として許せなかったのかもしれない。

男たちは出ていき由隆も退散したのち、呆然とする玲を抱きしめて涙を流していた。

――わたしのために、泣いてくれる人がいる……。

それが嬉しくて、初めて照子にしがみついて泣いた。

思えばあのころ、本当に玲に気持ちをくれるのは照子しかいなかったのだ。

「あのババア、あのあと親父にチクりやがって。警察沙汰になるようなことはするなって、こっぴどく説教されたんだ。ったく、よけいなことしてくれたよな。まあ、親父がいなくなって一番にババアを解雇してやったけど」

限界だ。もう黙っていられない。

「いいかげんに……」

「いいかげんにしなさいよ。そんな話聞きたくないわ、胸糞悪いったら。アンタ馬鹿じゃないの？」

玲が言いたかったことをそのまま言ってくれたのは、運転席に座る女性だったのである。

「オトコをけしかけたとか、最悪っ。脳ミソが入ってないやつがやることじゃない。最低、最悪、気持ち悪い、虫ケラ以下、踏みつぶしてやりたい」

悪口雑言が素晴らしい。それも、口調や漂う態度が由隆の好みすぎる。これは、女王様タイプではないか。いったいどこで知り合ったのか。

しかし、きつい物言いを聞いて思いだした……。

「ごめんよリョウちゃん、そんなに怒らないで……、いや、もっと怒ってほしいかな。昔の話だよ、あれ以来そこまでしてないし」

「当たり前でしょう、気持ち悪い。ほんっと、男って考えることが子どもで馬鹿なんだから。今度そんな話ししたらひっぱたくからね」

「うん……」

返事がおとなしくなった由隆だが、きつい言われかたをして落ちこんでいるわけではない。かえって頬を紅潮させ嬉しそうだ。

（気色悪い……）

ゾワゾワするこの状況を回避するため、玲は「リョウちゃん」と呼ばれた女性に話しかける。

「リョウさん、とおっしゃるんですか？　こんにちは。……二度目ですよね、お会いするのは」

相手の出方を探るように、慎重に言葉を出す。女性は返事をせず車を走らせ続けた。

「副社長の執務室でお会いしましたよね。副社長が連絡をしなかったことにずいぶんとご立腹でした」

面接日に採用が決まったあと、将騎の執務室で彼女に会った。「最近連絡をくれない」と怒鳴りこんできたのだ。

あのときは将騎と関係のあったご令嬢かと思ったが、他の人たちと同じ、将騎に気を持たされたひとりなのだろう。稀に執着して何度も連絡をしてくる女性もいるので彼女もそのタイプだ。

将騎の秘書になってから、執務室にまで怒鳴りこんできたのは彼女だけ。

由隆は彼女にハニートラップ計画を話している。これはマズいのではないか。よりによって将騎に執着している女性だ。

「貴女が……なぜ由隆さんと行動しているんですか……。この人がなにをしようとしているのか、聞かされているんですよね。将騎副社長を欺こうとしているんですよ。貴女はそれを許せるんですか」

「うるさい」

忌々しげに発せられる言葉。しかし玲は言葉を止める気はなく、さらに続けようとした。が……。

「アンタがしていること、将騎さんに言おうか?」

続けられなくなった……。

「大ダメージだよね。すぐに追い出される」

リョウはクスリと嗤い、声に険を持たせた。

「ちょっと、その子もう追い出してよ。私の車に乗せておくのイヤなんだけど。できないならアンタも叩き出すよ」

「わ、わかったっ、わかったからっ。……おい、車から降りろ」

一見リョウの機嫌が悪くなったので由隆が慌てた雰囲気だが……、きつい言いかたをされたからか、由隆は相変わらず目をキラキラさせている。

(気持ち悪い。わたしだって早く降りたいよ)

走行中の車からどうやって降りろというのだ。玲の気持ちを察したかのように、車は路肩に寄りハザードを焚いて停まる。

「ほら、さっさと降りろ！」

由隆は大きな態度でふんぞり返ったまま動かない。命令口調で叫ぶので、玲は勢いよく横のドアを開けた。背後から走ってきていた車が大きなクラクションを鳴らしながらよけていく。

玲は車道側にいたのだから、由隆がよけてくれないのならこちらから降りるしかない。今ので驚いたらしく、やっと身体を前のめりに動かした。

「馬鹿か！　いきなりドア開けんなよ。ドアぶっ飛ばされたらどうするんだ！」

「アンタが動かないからでしょう！　私の車、傷なんかつけたらただじゃおかないから！」

「ごめんよぉ～リョウちゃん～」

玲に対する口調とリョウに対する口調は雲泥の差だ。さらに思いきりドアを閉めて気色悪い声をシャットアウトし、玲は車のうしろを回って歩道に上がった。

「あれ？」

降りたのは、最初に車に乗せられた場所だ。

どこに連れていかれるのかと心配する間もなかったので気にしていなかったが、話をするためだけに乗せられたのだろう。

かえって、わけのわからない場所に置いていかれなくてよかった。

(郊外の廃墟に閉じこめるとか、あいつならやりそうだもんね)

虐げてくれる女王様がタイプなくせに、他人が虐げられる姿が大好物。

「最悪……」

そんな最悪な人間の命令に従おうとしている。将騎を手玉にとって、カナメリゾートのために利用する。

全部投げ出してしまいたいと思うのに、母と一緒に自由になりたい気持ちが玲を迷わせるのだ。

——玲は、ちゃんと自分を愛してくれる人に出会ってね。

母の言葉がいつまでも頭の中で回る。

交差点に出て、信号待ちで足を止める。大きく息を吐きながら天を仰ぐと、夕暮れの空が、涙でにじんだ。


翌日、玲は驚くような仕事を告げられた。

将騎と春騎が出席する商談に、秘書として同行するというものだ。

仕事かと思って同行して将騎にしてやられたこともあるが、今回は春騎も一緒だ。おまけに商談だと目的がはっきりしている。これは間違いがないだろう。

「春騎副社長、藤谷です、お迎えにあがりました。将騎副社長とはのちほど合流いたします」

白い重厚なドアをノックすると、返事が聞こえる前にドアが開き春騎がにこやかな顔で現れた。

「ありがとう、藤谷さん。私にまで気を使ってもらって申し訳ないね」

「とんでもございません。守屋先輩もいらっしゃらないことですし、わたしでよろしければ精一杯サポートさせていただきます」

「頼もしい」

白いドアの前で微笑む春騎は、雰囲気が清廉すぎて、まるでお伽噺の王子様のよう。

逆に、将騎が執務室の黒いドアの前で不敵に微笑むと、ファンタジーの魔王のようだと思う。

当初、将騎の執務室に【副社長室】とだけ書かれたプレートがついているのを見て、副社長はふたりいるのだから名前も書き加えたほうがいいのではと感じた。

しかし、ふたりの副社長はドアの色で区別されている。白いドアの春騎副社長、黒いドアの将騎副社長。

見事に両者に合った色をチョイスしているのは絶妙としか言いようがない。誰がデザインしたのか聞いてみたいものだ。

「藤谷さん、緊張している？」

「そんなことは、ございませんっ」

ドキッとしてかすかに呂律がおかしくなった。春騎は特にそれ以上追及することはなく、ただ微笑んでいる。

この人にかくし事をするのは無駄な行為なのかもしれない。ふとそう感じて、照れ笑いをにじませる。

「実は、少し……。なんといっても、秘書として初めて同行を求められましたので」

「うん、そうだね。藤谷さんは素直でいい。緊張するのは当然だよ。商談会場に入ったら、もっと緊張するだろうし冷汗ダラダラで言葉も出なくなるかもしれない」

「お、脅さないでくださいっ」

少々盛りすぎではないか。まさか春騎にからかわれるとは思わなかった。

春騎はふっと微笑みを落とす。――その顔が一瞬将騎に見えて、鼓動が跳ねた。

「でも大丈夫。私たちがいます。なにより、将騎を信じてください」

「……はい」

返事をすると春騎が先を歩きだす。玲もそれに続いた。

「春騎副社長、お聞きしてもよろしいですか？」

「なんだい？」

「本日の商談相手、先方はどちらの企業なのでしょう。将騎副社長にお尋ねしても、行けばわかるしか言われなくて……。できれば、事前情報を頭に入れておきたいのです」

「そうだね、相手のことを知っておいたほうがいいよね。でも……藤谷さんは、その必要はないと思う」

「必要……ない？」

春騎はそれ以上を語ってはくれなかった。

頼もしいとか素直でいいとか褒め言葉はくれたが、商談相手を知る必要がないというのは、単になにも期待されていないからではないだろうか。

秘書をつけなくとも完璧に動き回れる副社長がふたりもいる。そこに同行させられるとはこういうことか。

なぜ、秘書の同行が必要なのだろう。おかしな不安が胸に残る。

黒い扉の副社長室から将騎が出てくる。軽く手を上げて春騎と挨拶を交わし、玲を見た。

「今日はシッカリ頼むぞ」

「はい、副社長おふたりを失望させないよう、努めさせていただきます」

なんの情報ももらっていなくて大丈夫かという懸念はあるが、なんとかするしかない。

商談の会場は、二階堂ホールディングスが持つリゾートホテルのひとつ、【パレスリゾートホテルin Tokyo】である。

都心のどこにこんな広大な土地が余っていたのだろう。そう感じずにはいられないほど贅沢に広く豪華なホテルは、プールなどのウォーターアトラクションがメインのリゾートホテルだ。

ファミリーから恋人同士まで大人気のホテルで、一年前からの予約争奪戦を勝ち取って彼氏とクリスマスを過ごした友だちは「すごいよ！　すごかったよ！」と、彼氏とのロマンチックだったはずの夜の話ではなくホテルばかりを褒めていた。

もちろん玲は、前を通りかかったことはあってもカフェにさえ入ったことはない。

事前に商談場所は教えてもらえたものの、車の中でも商談相手はわからないままだ。

移動の運転は春騎が引き受け、将騎と玲は後部座席に座った。もしかしてとは思ったが、予想どおりの要求が飛ぶ。

「玲、脚」

(ここで⁉)

いつもならば素直に「はい」と差し出すが、運転席には春騎がいる。

素早くチラリとルームミラーを窺うと、春騎はまったくなにも気にしない様子で運転を続けている。将騎の趣味は承知のうえだろうし、面接のときだって春騎がいても将騎の前で脚を出した。気にすることもない。

一瞬にして答えを出し、玲はススッと将騎に両脚を寄せ、わずかにスカートを太腿まで上げる。

「どうぞ」

すると、将騎は自分の膝をポンポンッと叩いたのだ。

……ここにのせろ、ということらしい。

「春騎なら気にするな。ポストが赤いのと同じくらい普通のことだ」

将騎の言葉に応えるように、春騎が片手を上げる。気にしなくていいよー、という意味らしい。

「失礼します」

今まで散々将騎の要求に応えてきたのだ。春騎がいるくらいで躊躇するのもおかしい。

玲は身体を横向きにして将騎の膝に両脚をのせた。

「そんなに長くはかからない。終了したら今日の仕事も終わりだ。部屋をとってあるから、あとはホテルでゆっくりしよう。ちょうど週末だし」

玲の脚を撫でながら将騎が予定を口にする。これも春騎を気にしなくてもいいことなのだろうか。誰がどう聞いたって、仕事終わりにお茶でも飲んで休憩しようという内容ではない。

「じっくりしなくちゃならない話もあるし。……勝負の結果とか」

ピクッと反応して将騎を見ると、不敵な笑みを浮かべた彼と目が合った。

唐突に胸が高鳴る。ソノ気になるか溺れるかの勝負の結果。とうとうそれを出してもらえるのだろうか。引き分けではなく。

――わたしの負けに決まってる。

ドキドキしたところで、すでに結果はわかっている。

「いいな、玲」

「はい……承知いたしました」

それ以外、どんな返事ができるだろう。

じっくりしなくてはならない話に、勝負の結果。きっとそれだけでは終わらない。週末はセーブしなくてもいい将騎に、しばらくその感触が消えないいくらい脚を撫でまわされて、失神するまで抱き潰される。

そして、それを心待ちにしている自分がいる……。

「春騎はどうする？　泊まっていくか？」

「私は終わったら一度会社に戻るよ。守屋君も戻ってくるし」

「守屋先輩、戻ってくるんですか？」

春騎の言葉に反応してルームミラーに目を向ける。にこにこした彼は声を弾ませた。

「そうなんだ。たくさん面白い情報かかえてきてくれるはずだから、楽しみで楽しみで」

「守屋先輩は、どちらに出向されているんですか?」

「出向っていうか、信用調査かな」

「調査とは……」

「玲」

さらに深く聞こうとしたが、将騎に止められてしまった。彼を見るとムッとした顔をしている。

「守屋はいいから。仕事が終わったあとのことでも考えていろ」

「はい、申し訳ございません」

「俺と過ごす時間だ。そのほうが楽しいだろう?」

「はい……」

もしかしたら、守屋を気にかけたのでやきもちを焼いたのだろうか……。なんて、自惚れてみる。

そのほうがウキウキできる。

シュンとした顔をしていたのかもしれない。膝を撫でていた手が離れたかと思うと、頭を撫でたあとポンポンッと叩かれた。

玲を見つめるおだやかな眼差しにドキドキする。

（どうしよう……）

逃げられない想いに囚われているのがわかる。

（もう、無理……）

自分をごまかせない。気づかないフリなんかできない。身体が、心が、玲のすべてが叫んでいる。

――将騎さんが、好き。

副社長兄弟がふたりそろってやってきたのだ。それがたとえ仕事であろうと出迎えは必須だろう。

よく海外の映画などで見る光景に、位の高い人物が屋敷に戻った際、使用人が左右にずらっと並んで出迎えるというのがある。

【パレスリゾートホテルin「Tokyo」】到着時、まさにそれを目の当たりにした玲は、動揺を顔に表さぬよう副社長兄弟の斜めうしろを歩いた。

噂どおり、宮殿かと見紛うほど豪華なエントランスだ。煌びやかすぎて眩暈がする。

「先方は五分ほど前に到着なさっております」

支配人が案内してくれたのは【会議室】というガラスプレートがかかった部屋だった。

同時にコーヒーがのったワゴンが到着し、玲が受けた指示は将騎と春騎が入室して一分たったら、ワゴンを押して入室する、というもの。

つまりは双方の挨拶が終わったタイミングで入り、コーヒーを配ってくれということなのだろう。

「承知いたしました」

ふたりが先に入室する。一分と言われたので腕時計とにらめっこをし、秒針が一周したところでドアを開けた。

「失礼いたします」

ワゴンを押して入室し、ドアを閉めて室内に目を向ける。……息を呑み、身体が固まった。

春騎が言っていたではないか。会場に入ったら緊張で冷汗がダラダラ出て言葉を失うと。そのとおりになりそうな光景が、目の前にある。

【会議室】のはずなのに、室内は広くセンターテーブルやソファも立派なものだ。会議室というよりは応接室ではないだろうか。

しかし驚いたのはそこではない。その立派なソファに、――由隆が座っている。並んで座るのはカナメレジャーの社長と副社長。玲にとっては他人のようなものだが、由隆にとっては叔父と従弟だ。

そしてなぜか、ソファのうしろにリョウが立っている。

今日の商談相手がカナメレジャーなのはわかった。しかし、リョウはまったくの部外者ではないのか。

由隆はリョウを「こんなに話がわかる素晴らしい女性はいない」と買いかぶっていた。それだから連れてきたのだろうか。大切な商談の場に、赤の他人を。自分が気に入っているからといって。

(バッカじゃないのっ⁉)

胸の裡で叫び、しかし顔には出さない。

逆に玲の顔を見て驚いたのはカナメレジャーの三人、特に叔父と従弟だった。

「玲さん……？　君、どうしてここに……」

叔父が動揺するのも当然だ。総務で地味に働いていると思ったら、商談の場にコーヒーを持って現れたのだから。

「これは社長、私の秘書をご存じなのですか？」

まだ着席前だった将騎がにこりと微笑む。春騎はすでに肘掛け椅子に着席していて、楽しそうに将騎を眺めていた。

――まるで、これから起こることにワクワクしているかのよう。

「秘書？　二階堂副社長の……ですか？」

「ええ。とても優秀な秘書です。仕事が早く、的確で、私が望むものはすべて与えてくれる」

その言葉になにかを感じとったのだろう。由隆が前のめりになった。

「望むものすべてですか。それはいい。では、副社長はこの秘書に満足されているということですか」

絶対にいかがわしい意味で話を進めていると思う。将騎が「満足している」といえば、ハニトラが成功していると浮かれるだろう。

いっそ不満を口にしてほしいと思うものの、将騎は笑顔で応える。

「ええ。女性としても素晴らしい子です」

これは、誤解してくれといわんばかりの言いかたではないだろうか。そのままに誤解したであろう由隆の顔が、勝利を確信したかのように明るくなった。

が……直後、将騎のまぶたが軽く落ち――険が宿る。

「常務は、そんなに私の秘書が気になりますか？　ああ、そうですね、ハニートラップが上手くいっているのか、気になりますよね」

場の空気が凍った。

本当に、一瞬にして空気が冷えた。ホテルの空調が故障したのかと思うくらいだ。

そんななか、冷たく突き刺さる声が氷柱を立てる。

「私の秘書は、あなたの腹違いの妹らしい。誰にも認めてもらってはいないようですし、本人も認めてほしいとは思っていないでしょうが。それでも、幾分かでも血が繋がっている女性に、身体を張った役目を与えるなんて。ハニートラップって、なにをするかご存じですか。男を誘惑するんですよ。骨抜きにして、言うことをきかせるんです。あなたはそれを身内にやらせようとした。――うちとの事業提携を有利にしたくて」

由隆は足元を凝視して青くなっている。同じくらい青くなっているのは叔父と従弟だ。叔父は「由隆君、君は……！」と声を震わせた。

将騎の糾弾は続く。

「自分の意志もなく女の武器を使えと強要された彼女の気持ち、常務にわかりますか？わかりませんよね。あなたは人が苦しむ顔が大好きだ。ハニートラップがなかなか上手くいかないのは男を悦ばせるテクがないからだと言って、ハプバーに入り浸る反社の男たち数人に相手をさせようとしたそうで。なんでも、彼女が大学生のときに複数の暴漢に襲わせようとしたこともあるらしいですね。家政婦の勇敢な行動で未遂に終わったようだが。こういうことを考える人間をなんていうか知っていますか。人間のクズっていうんですよ」

「由隆！　おまえ、なにをやってるんだ！」

身内の愚行に我慢ができなくなったのだろう。叔父は立ち上がり腕を伸ばして由隆を摑

もうとする。この場でこれ以上の恥をさらすのはよくない。従弟がとっさに立ち上がってそれを止める。

仕事で足を運んだはずの場で、まさか身内の愚行を糾弾されるとは思わなかったに違いない。相当驚き焦っているとは思うが、同じように玲も驚いていた。

将騎はなぜ、そこまで知っているのだろう。

玲が彼を誘惑しようとしていると気づいたなら、ハニートラップを疑うかもしれない。それをどうやってカナメレジャーと繋げたのか。

玲が由隆と腹違いの兄妹であること、そして人が苦しむ姿が好きな由隆の悪癖。男を悦ばせるテクが……という話をしたのは昨日だ。それも密室同然の車の中。

こんなことを将騎に教えられるのは……。

自然と視界にリョウの姿が入る。彼女は腕を組んだまま微動だにしない。

昨日の会話も大学生のときの話も、彼女なら将騎に教えられる。なんのつもりで話したのだろう。玲がどれだけ虐げられて惨めに生きてきたかを、将騎にわからせたかったのだろうか。

「要川家に引き取られた十歳のころから、ずいぶんと彼女をいじめて楽しんでいたようだ。全使用人たちに無視を強要したそうですね。極めつきは、彼女が幼いころに亡くなった母親の遺骨を取り上げている。……非人道的にもほどがありませんか」

非難されることに耐えられなくなったのだろう。由隆が勢いよく立ち上がる。真っ赤な顔で全身を震わせ、醜悪なほどに怒りに歪めた顔を玲に向けた。

「テメエ！　虫ケラ以下が、ふざけた真似しやがって！」

玲が告げ口をしたと思っているのだ。手を伸ばしてソファから飛び出し、猛然と玲に摑みかかろうとしてきた。

が、素早くその腕を摑まえて由隆の身体を床に叩き落としたのは――リョウだ。

「あーあ、ほんっと口汚い男だな。うんざりだ」

リョウは大きな溜め息をつき、摑んだ腕を背中でひねり膝で腰を押さえつける。

「アンタさ、わかってる？　玲ちゃんがその気になればムチャクチャ訴えられるし、マスコミにネタ提供すれば十五年前のスキャンダルまで掘り起こされて、カナメレジャー自体が終わりだ。そういうリスクをちゃんと考えていたわけ？　考えているわけないか、目先のことしか考えてないよね」

なにかがおかしい。

リョウが、リョウではない……。声まで違う。それも、知った声だ。

（え？　まさか……）

玲は目を見開いて将騎を見る。その顔を見てプッと噴き出されてしまった。

「おい、種明かししてやれ。玲が、鳩が散弾銃喰らったような顔になってる」

そんなにすごい顔をしていたのだろうか。とうとう散弾銃になってしまった。

将騎はリョウに声をかけていた。玲に顔を向けた彼女がニヤッと笑ったのを見て、思わず指を差しながら叫んでしまった。

「もっ、守屋先輩！！！？？？」

「せいかーい。気づくのが遅い、減点っ。でも、昨日車の中で喰ってかかってきた玲ちゃん、かっこよかったよ。エライっ、よくやった、将来有望っ」

下げて上げる、守屋独特の褒めかた。

リョウの正体が守屋だった。考えてみれば、採用された日、守屋の姿がなくなってしばらくしてからリョウが現れた。かなり執着していたにもかかわらず、その後はまったく気配を見せなかった。

将騎がいかにも深い関係にある女性かのように扱っていたし、あの日はやたらと「辞めてもいい」を連発されていた。

邪な目的を持った女性を遠ざけるための手段、そのひとつだったのだ。

しかしまさか、守屋がここまでやるとは。常々、将騎のそばにいるとイケメン度が下がって気の毒に思っていたが、もともとはアイドル系の綺麗な顔をした人だ。

なりきり具合が堂に入っている。きっと、将騎と親密な関係にある女性を演じることで数多くの女性を撃退したに違いない。

「あの……守屋さん、あまり踏みつけないほうがいいです。……悦ぶから……」

こそっと指を差して注意を促す。床に押さえつけられた由隆は、悔しがるどころか顔を紅潮させてほにゃっと表情を崩している。

「うわっ、キッショっ」

反射的に押さえつける膝に力を入れてしまったようだが、多分……逆効果である。

守屋のトラウマにならないことを祈る。

クックと笑いを嚙み殺すような声が聞こえて顔を向けると、春騎がアハハと盛大に笑いだした。

彼のイメージからは外れた豪快さである。

「あー、もう、面白いったらない。久々に面白いものを見た」

笑いながら玲を手招きする。

「ごめん藤谷さん、コーヒーもらえる？　面白すぎて喉が渇いてしまいました」

「あっ、すみませんっ」

慌ててワゴンを押し、コーヒーをテーブルに置く。立っている将騎にもソーサーごと差し出すと、彼は少しムッとする。

「守屋に構いすぎ」

「仕方がないです。どれだけ驚いたと思ってるんですか。教えてくれない将騎さんが悪いんですよ」

「身近で女王様風になれるのがアイツしかいなかった。柔道黒帯なんだ。襲われることはないだろうと思って」

「黒帯……」

見かけによらず、すごい人だったようだ……。

「ハニトラ仕掛けてこいとか言われたときはどうしてくれようかと思ったんだからな！　危険手当たんまりつけてもらうぞ！　将騎っ！」

守屋が怒りながら立ち上がる。由隆はといえば、押さえつけられただけで昇天してしまったようだ。恍惚としつつ、くたっと床に伸びている。

本当に……守屋のトラウマにならなければいいが……。

将騎が指で「ＯＫ」のサインを送ると、守屋は腰に手をあててふんすと意気込む。リョウの姿のままなので、なんだかおかしな気分だ。

「さて、余興も済みましたので、本題です」

コーヒーを一気に飲んだ春騎が、カナメレジャーの社長と副社長を前にビジネス用の声を出す。

「事業提携のお話は、申し入れがあった際の会談で結果が出ています。今の段階では〝夢物語〟です。ご理解いただけますね」

これは玲でもわかる。最初に話を聞いたときに「なんて無謀な」と思ったほどだ。

企業同士のレベルが違いすぎるのだ。違うなら違うなりのプランというものもあるが、カナメレジャーが主導権を握るようなプランは、夢物語を語る以前に、ありえない。

社長と副社長も、それは理解していただろう。ただ、今回由隆を糾弾するために設けられた〝商談〟に、わずかな期待をいだいたのかもしれない。がっくりと肩が落ちている。

先代のスキャンダルから業績が下降した。代替わりしてからは、由隆が出来損ないなばかりに、叔父と従弟が必死に奔走し会社を維持してきたのだ。

このふたりも、ある意味では要川氏の不祥事の割をくった被害者ではないか。

少しでも追い風を受けられるかもしれない。……そんな淡い期待をいだいて、この場へ足を運んだのかもしれない。

「ですが……」

春騎は声のトーンを変え、おだやかに微笑んだ。

「これからに期待したい気持ちもあるのです。追い風を感じたときは、いつでもご連絡ください」

現実を突きつけたあとに、仄かな夢をみせる。

二階堂ホールディングスに並べるだけの追い風なんて、きっと無理に等しい。それでも、このふたりはそれを目指していくのかもしれない。

春騎が将騎を見る。将騎がうなずくと、いつものおだやかな笑顔で立ち上がった。

「お疲れ様でした。また、いつか」

春騎がふたりと握手を交わしてから、将騎も握手で締める。

ちらっと由隆を見ると、まだ床に伸びていた。

きっとこのままではすまないだろう。常務の職を追われることになるかもしれないし、本社以外に行くことになるのかもしれない。

「社長、私から、お願いがあります。私の秘書、藤谷玲を、要川家から解放してほしい。彼女にあの家はつらすぎるのです。その手続きにご協力いただけますか」

将騎の言葉に驚いて顔を向ける。玲に対する由隆の愚行を聞かされたせいもあってか、叔父は前のめりになった。

「もちろんです。玲さんは……本当なら大学を卒業後あの家から出してあげるはずだった。けれど、由隆君がそれをさせなかった。玲さんは最後に残された自分の家族だからと……。まさか、そんなつらい目に遭っているなんて……」

叔父が玲を見る。身体を向け、頭を下げた。

「気づけなくて、申し訳なかった」

続いて従弟も頭を下げる。ふたりは悪くない。なにかされた覚えはないし、叔父は要川亡きあと、ずっと生活費を振りこんでくれていた。

玲は無言で頭を下げる。

長い間自分を縛りつけていた鎖が、ジャラジャラと音をたててほどけていくような感覚に陥り……。

力が抜けて、頽れてしまいそうだった。


商談という名の糾弾が終了し、春騎は守屋とともに会社へ戻っていった。

夢から覚めてやっと己の状況を理解した由隆は、もぬけの殻になりながら叔父と従弟に車へと乗せられていた。

玲は認知もなにもされてはいない。ただ要川家に縛りつけられていただけだ。その元凶だった由隆が糾弾されたことで、すぐにでもあの屋敷を出ていける。

叔父は母の遺骨を取り返して玲に渡すと約束をしてくれた。

——母とともに、自由になれるのだ……。

みんながホテルを出た一方、将騎と玲は彼が言っていたとおり部屋へ移動した。それも二階堂家だけが使用できるプライベートスイートルームである。

移動してふたりきりになったのはいいが、部屋に入ったとたん緊張の糸が切れた玲は、安心感で脱力してしまったのだ。

将騎がソファに運んで横たわらせてくれた。なんと……恐れ多くも彼の膝枕付きである。

「いつもはしてもらう側だが、してやるのもいいものだな。どうだ？　俺の膝は」

ソファでくつろぐ将騎が、膝にのった玲の頭をゆっくりと撫でる。悪役の大物が膝にのせている猫のような気分になりながら、玲は感想を述べた。

「気持ちいいです。膝枕って、こんなに気持ちよかったんですね。小さなころに母にしてもらいましたけど、感触なんて忘れていました。将騎さんの膝がこんなに気持ちいいなんて驚きですよ。寝ちゃいそうです。最高です」

褒められたからか気分よく笑い、玲の頭をポンポンッと叩く。お世辞ではなく、本当に心地よくて眠ってしまいそうなのだ。

「少し眠ってもいい。いらない緊張で疲れただろう？　万事上手くいった。もう、玲が心を痛めることはなにもない。玲は、お母さんと一緒に自由になるんだ」

将騎の言葉に涙が出そうになる。

このときを、どれだけ待ち望んだか……。

「ありがとうございます……」

泣き声で呟く玲の頭を、将騎は優しく撫でる。自分のハンカチを手に持たせてくれたので、ありがたく使わせてもらい目頭を押さえた。

——将騎は、玲の生い立ちや境遇をすべて把握していた。

どうやら玲は、あまりにも思いきりがよすぎて、なにか人には言えない決心があるからすべてをかなぐり捨てた行動に出られるのでは……と春騎に不信感を持たれたらしい。

……まあ、当たっている。

彼が玲の調査をはじめ、報告を受けた将騎が元凶である由隆を糾弾する計画を立てた。玲がハニートラップを仕掛けるために秘書になったことも、将騎はとっくに知っていたのだ。それを承知のうえで、彼がその気になるのが先か玲が溺れるのが先か、なんて余裕綽々な勝負を仕掛けてきた。

守屋に課せられたハニトラ返しはかなりいやがられたらしいが、将騎が協力の礼と称して目の前で多額の小切手を切ったところ、すんなりと引き受けたらしい。

ちなみに将騎の自腹だそうだ。……しかし、守屋は「危険手当」も請求していたような……。

なんにしろ、守りの兄・攻めの弟、のコンビネーションは仕事以外でもいかんなく発揮され、今回の解決に至ったのである。

「玲がひと眠りして、起きたらディナーにしよう。このホテルのレストランはどこも絶品だ。食べにいくかルームデリバリーにするかは、そのときの気分次第だな」

「いいえ、ひと休みしたらわたしは帰りますから、将騎さんはゆっくりしていってください」

頭を撫でていた将騎の手が止まる。

「帰る？　なぜ？　せっかく気にしないで失神するまで気持ちよくなれる日なのに」

「その言いかた、やめましょう」

しかし彼は本気で驚いている。玲だって後ろ髪を引かれないわけではないのだ。ただ、やらなくてはならないことが多すぎる。

「皆さんのおかげで、要川家から出ていけます。できれば早めに出たいし、だとしたら早く荷物をまとめたい。それと……住むところも探さなくちゃ……」

「住むところは心配ない」

「どうしてですか……あっ、もしかして社員用のアパートとかあるんですか？　でも、わたし将騎さんの個人秘書扱いだから当てはまらないんじゃ……」

「玲の荷物は、今ごろ業者がまとめて俺のマンションに運んでいる」

なにを言われたのか、一瞬わからなかった。反応できたのは数秒後だ。

「はいいっ!?」

ガバッと起き上がり、将騎の横で正座をする。

「にっにもつっ、将騎さんのマンションってっ」

「なにを驚く。引っ越しの一切は業者に頼んだほうが効率がいいし楽だろう」

「それは……そうですけど、どうして将騎さんのマンションなんですか？　もしかして部屋が見つかるまで置いてくれるってことですか?」

「見つかるまでじゃない。ずっと住め」

「それって……!」

背筋が伸びる。

きた。とうとう、このときがきた。

玲の負けを宣言されて、この脚は、一生彼のものになる。つまりは、彼に囲われる女になるということだ。

(それでも、いいかな……)

立場はどうあれ、それなら将騎と一緒にいられる。彼が正式に結婚をしても、愛人という形で彼のそばにいられる。

初めて好きになった人と、一緒にいられるなら……。

膝に置いた両手をぐっと握りしめる。母との約束は守れないけれど、それでも、自分自身が愛した人とは出会えたのだ。

「わかりました……わたしの負けですし、従います。脚だろうと身体だろうと、どうぞ好きにしてください」

「負け? なんのことだ?」

「勝負していたじゃないですか。わたし、いつもトロトロになっちゃうし、だいぶ前から負けは自覚していたんです。わたしは……将騎さんの……いいえ、将騎さん自身に溺れている」

「セックスじゃなくて？」

ストレートな単語付きで顔を覗きこまれ、ドキッとする。言ってしまっていいだろうか。言いたいけれど、囲われ者が言ってもいい言葉なのだろうか。

――それでも、言いたい。

「全部です。わたしは……将騎さんの全部が好きなんです……」

言い終わるか終わらないかのうちに身体を引き寄せられ、将騎の腕の中で強く抱きしめられた。

「ま、まさきさん……」

正座から引き寄せられたので、将騎の膝を跨ぐ寸前のような不安定な体勢になってしまった。せめて安定させようともぞもぞ動く玲の耳に、真剣な将騎の声が滑りこむ。

「好きだ」

動きが止まった。聞き間違いか、そもそも幻聴ではないかと思ったからだ。

「いつも言っていただろう。引き分けなんだ。玲が俺に溺れてくれたように、俺も玲に溺れた。ソノ気になるもさせるもない、玲が俺を求めているのは伝わってきたし、俺も負けないくらい玲を求めていた。一緒に蕩けて、ドロドロになって快感を貪り合っているだろう。そんな玲を、俺は離したくない。言っておくが俺は、嫉妬なんかしたことはないのに玲に関しては別だった。わかるだろう？　引き分けなんだ。俺も、玲自身に溺れている」

「……脚じゃなくて？」

慎重に尋ねながら将騎を見る。すでに涙がぽろぽろこぼれていて恥ずかしかったが、尋ねずにはいられない。

彼の口から聞きたい。自分と同じ気持ちを。

「全部だ。俺は、玲の全部が好きだ。だから、俺の元から離れるなんて許さないし、考えてもいない」

「将騎さん！」

嬉しくて嬉しくて、その気持ちに従うまま、玲は将騎に唇を押しつける。すぐに将騎もそれに応え、お互い舌を絡め合った。

「将騎さん……将騎、さん……！」

泣きながら、愛しい人の名前を呼びながら、玲は口づけを繰り返す。肩の上から回した両腕で抱きつき、不安定だった身体を立てて将騎の膝を跨ぐ。

嬉しさに昂って、身体が黙っていられない。両膝を座面について、腰を浮かせたり落としたり彼の膝でぴょんぴょん跳ねる。

座面についたのふくらはぎを両手で揉まれる。マッサージとは違う手つきで、玲の官能を刺激しだす。

「んっ、ンッ……」

「なんだ？　もう感じているのか？」

「将騎さんの手、気持ちいいから悪いんですよ」

「どこをさわっても気持ちいい玲が悪いんだ」

ふくらはぎにあった手が、脚の形に沿って上がってくる。スカートをずり上げながら太腿の裏を這い、お尻の丸みを撫でまわし腰から脇を上がって胸のふくらみへたどり着く。

ブラウスの上から大きく鷲摑みにされ、ビクンと腰が跳ねた。

「あっ……んっ、やん……」

「やわらかくてハリがあって、太腿を摑んでいるときと同じくらいゾクゾクする」

「もぅ、結局脚なんですか？」

ブラウスのボタンを外しブラジャーのホックを外した大きな手が、フラットになったカップの下から潜りこんで白いふくらみを寄せ上げる。

役目をなさない布の上側から飛び出した乳首を指で揉みこみ、尖り勃つさまを楽しみながら舌先でくすぐる。

「やっ、ァンっ、くすぐったぃ、ぅんん……」

「玲の身体は、舐めると舌が気持ちいい。困った身体だ」

「将騎さんの……ぁあんっ、舌が気持ちイイからぁ……ああっっ」

「じゃあ、引き分けだ」

乳頭を咥え、じゅるじゅると吸いたてながら舌を使う。

気持ちよくされて大きくふくらんだ果実ごと乳輪を舐めまわされて、もどかしい快感が駆け巡った。

「あぁァッ、将騎さっ……！」

膝立ちになってもじもじと腰を揺らす。ショーツの中があたたかくなっているのを感じると、このまま腰を落として彼の脚に股間を擦りつけたい衝動にかられた。

胸の頂をもてあそびながら、将騎はウエストコートとワイシャツのボタンを胸まで外し、ネクタイを引きゆるめる。

好きな仕草を目の前で見てドキリとすると、脚の付け根がきゅんっとする。ショーツの中がもどかしくて仕方がない。玲は将騎のトラウザーズのフロントに手をかけファスナーを探った。

いつにない大胆な行動に煽られたのか、将騎はすぐに避妊具を取り出した。

「玲の手で出して……、俺の」

囁く声にゾクゾクする。急ぐようにフロントをくつろげ、下着の中で大きく盛り上がっていた大蛇を取り出した。

いつも玲を啼かせる狂暴な大蛇は、夜ごとの荒々しさを感じさせないほど手にしっくりときてさわり心地がいい。硬度があるのにふわっとして、手に吸いつくようだ。

ゾクッとお腹の奥に刺激が走る。知らず生唾を飲みこんだ。

ふと、大蛇の口が濡れていることに気づく。指でそこに触れ、粘つく透明な液を周囲に広げて手のひらで撫でた。

ピクピクッと反応して蠢くさまが、なんとなくかわいくて愛しい。手のひらについた液をさらに広げて、雁首を指でつまむように擦る。

「ンッんんっ」

苦しげにうめく声が聞こえて将騎を見ると、彼は片手で顔を押さえて天を仰いでいる。

「将騎さん?」

「玲の手……気持ちヨすぎ」

「そうですか? 将騎さんのコレのほうがさわり心地がいいですよ。これが、手が気持ちいいっていうやつでしょうか」

「じゃあ、今度、じっくりゆっくりさわってくれ」

滾りにいたずらをしていた玲の手を取り、その手のひらにキスをする。

「玲のかわいい手にダしてしまいそうで我慢できないから、玲のナカに入らせて」

玲の手を離し、自らに避妊具を施す。

ショーツを下ろしたほうがいいだろうかと戸惑っていると、なんの迷いもなくストッキングのクロッチ部分を引き裂かれた。

「将騎さんは躊躇がないですね」

「ないよ。早く玲が欲しくておかしくなりそうなんだ」

脚の付け根に切っ先が押し当てられる。先ほどまで手のひらでかわいがっていた傘肉は、寄せたショーツの隙間からずぶずぶと淫路を押し拓いた。

「あああぁっ……！　入ってく……んん──！」

挿入の刺激でもどかしさが軽く弾けるが、淫棒はそのまま力強く突き刺さっていった。

「ああんっ……ダメェ……！」

すぐさま、ずっちゃずっちゃと剛強が突き上がってくる。軽いものだったとはいえ、達したばかりでこの勢いには戸惑ってしまう。

玲は悦楽の中に驚きを込めた声であえぎ啼いた。

「あっぁ！　そんな、いきなり……やぁぁん、激しっ……！」

「今日の玲はずいぶんと俺を煽る。気持ちヨくしてほしくて仕方がないみたいだ」

ソファの上で玲の身体が弾む。淫らな声をあげながら髪を振り乱していやいやと首を振り、突き上がってくる猛りを受け止める。

「ハァあっ、将騎、さっ……！　気持ちィィっ、どうし、よ……！」

「いつも以上に感じているようだ。どうした、玲」

「だって……だってぇ、将騎さんが……好きって……言って、あああっ！　くれた、からっ！　やぁぁぁん、きもちいいのぉ！」

自分でも驚くくらい感じやすくなっている。しかし無理もないのだ。

好きな人に「好きだ」と言ってもらったのに、そんな彼に抱かれているのに、感じないわけがない。

気持ちよくならないはずがない。

「ナカがひどくうねって、もっともっとって言われているみたいだ」

「ん、ぅん、そんな、こと……」

「言ってる。ほんと、最高だよ」

容赦なく突き上げられているうちに、掻き出された蜜で内腿まで濡れそぼってくる。圧倒的な快感が駆け巡り、電流のような陶酔感に玲の腰が揺らめいた。

「玲は……ほんとイイ顔をするな」

「気持ち……ヨすぎて、おかしくなりそう……ハァ……」

「それなら、なろうか」

玲の身体を抱きしめ、将騎はくるっと位置を反転する。玲の身体をソファに預け、両脚を大きく開かせて座面に置き、将騎は床に両膝をついた。

すでに破けているクロッチ部分を強く引っ張り、派手な音をさせながらストッキングを引き裂いていく。つま先まで引き裂くと、素足を撫でまわしながら放埒に腰を振りたて怒張を暴れさせた。

「ああああ！　ダメ、ダメェ……ヘンに……なるぅ……やぁぁん！」

ソファの座面で背を反らし、玲は背もたれを掻きむしるように手を動かす。

足首を持たれたかと思うと脚を将騎の両肩にかけられ、腰が高く上がる。愛液にまみれた肉棒でずくずくと突き乱されていく。

「まさきさぁん……好き……すきいっ」

両肩に預けられた脚が、無意識に両側から彼の顔を締めつける。抽送が激しさを増し、蜜壺が限界を迎えた。

「やぁぁん……イクぅっ……まさきさぁん――――!!」

「……玲っ！」

最奥からビリビリしたものが全身に回る。意識がふわっと恍惚の波にさらわれそうになったとき、将騎の濃密な口づけに繋ぎとめられた。

「玲、愛してる」

夢のような言葉が脳に響く。

脚を肩から下ろされ、力が入らない身体を抱きしめられて、ふたりソファの上で重なっった。

「愛してるよ、結婚しよう。玲」

玲の赤く染まった頬を撫で、将騎が繰り返す言葉に涙が浮かぶ。そんな嬉し涙を唇で吸い取り返事を待つ彼に、玲は幸せそうに微笑んだ。

「はい、愛してます、将騎さん」

頭の中で、母の声が響く。

――――玲は、ちゃんと自分を愛してくれる人に出会ってね。

母が、嬉しそうに笑ってくれているような、そんな気がした。

エピローグ

「辛さが足りないけど美味いっ！　玲ちゃん、料理の天才！　将来有望！」

恒例の守屋式褒め言葉をもらい、玲は「へへっ」と照れて見せる。

執務室備え付けのキッチンにはカレーの香りが充満している。将騎に今夜はカレーがいいと朝突然言われ、帰宅したらすぐに食べられるよう、こっちのキッチンで煮込ませてもらっていたのだ。

……それを、守屋が嗅ぎつけないはずがない。

作業用テーブルの上には試食用に用意したカレーライスが三皿置かれ、そのうちのひと皿を、守屋が試食中である。

「で？　どうして〝俺の玲〟が作ったカレーをおまえが最初に食べるんだ」

守屋の試食がはじまってすぐキッチンに入ってきた将騎がムッとした顔をすると、守屋は如才なく答える。

「将騎が仕事中だったから」

「だったら待っていればいいだろう」

「腹減ってたんだよ。なに？　もしかして玲ちゃんが作ったものを一番に食べられなかったから怒ってる？　小さいっ、小さいよ、将騎副社長っ。いいじゃんっ、一緒に住んでいて毎日玲ちゃんの美味しいご飯食べてるんだろ？　おまけに毎日こんなかわいい玲ちゃんもいただいちゃってるんだろう？　十分幸せじゃないか、このっ、幸せボケめっ」

　よけいなことまで言われてしまった気もするが、幸せ認定をしてくれているのでヨシとしよう。

　すると、将騎が玲の肩を抱き寄せてこめかみにキスをした。

「ああ、幸せだ。幸せで幸せで、仕事がはかどるったらありゃしない」

「ちっくしょーっ、見せつけやがってっ」

　カカカカッとスプーンを皿に叩きつけながら食べ終えると、守屋はふうっと息を吐いてティッシュで口を拭った。

「そうそう、春騎さんも心配してたんだけど、結婚式の準備、ちゃんと進んでるのか？　幸せいっぱいで仕事がはかどってるのは知ってるけど、むしろいいことなんだけどさ、結婚準備をおざなりにしてない？」

「心配ない。そっちも順調だ。なあ、玲」

今度はひたいにキスをされる。守屋がちょっとムッとした。

「あーっ羨ましっ。こうなったら結婚式で玲ちゃんの女友だちとお知り合いになるべく頑張ろう」

「わたしの友だち、ですか？」

「うん、何人かくるんでしょう？」

「はい、でも、わたしの友だち、みんな彼氏持ちです」

「類友じゃないのっ？」

驚きかたが大げさだ。彼氏ナシの女友だちで固まっていたと思われている。

仲のいい友だちのなかで恋愛に縁がなかったのは玲だけなので、類友の中に毛色が変わったのが混じっていただけである。

というか、守屋に決まった彼女がいないというほうが驚きだ。

はたから見ればイケメンなのに。女装が決まるほど綺麗な顔をしているのに。

やはり、二階堂兄弟のそばにいるせいで彼のイケメンオーラが薄れているのか。

「それでも……今はわたしも、……婚約者持ちですから」

ちょっと拗ねて言ってみる。将騎の胸に抱きこまれ、頬を頭に擦りつけられる。

「あーもー、目の毒なんですけど～、マサキクンっ。まあいいか、なんだかんだで、ふたりの結婚式は楽しみだし。……これは、おれも春騎さんも、ずっと待ち望んでいた結果なんだから。うん、いいぞいいぞっ」

うんうんとうなずいて、ひとり納得する。チラッと将騎を見ると、くすぐったそうな笑みを浮かべていた。

守屋も春騎も望んだ結果。それは、将騎が自分のために好きな女性を見つけてくれること、だったらしい。

春騎は常々、言い寄る女性の対応を将騎にばかりやらせてしまうのを申し訳なく思っていたようだ。それも春騎のぶんまで。

とはいえ、将騎は社交的で女性を前にした会話も上手い。春騎がやるより早いのだ。

それだから将騎が役目を買って出ている。

そんな彼に、早く特別な女性を見つけてほしかった。そうすれば邪な考えで近づく女性もいなくなるだろう。

——そして、玲が現れた。

ふと腕時計を見た守屋が、急に慌てだした。

「やばっ、早く戻らないと春騎さんに笑顔の無言攻撃を受けるっ。じゃあご馳走さん。美味かったよ～」

キッチンを飛び出し、急いで執務室を出ていく音が聞こえる。

守屋は結局、春騎の秘書を続けている。最初に守屋は厳しいからと苦い顔をしていた春騎だが、今ではすっかり守屋を上手く使っている感じだ。

そして、将騎と玲はといえば、日々愛をはぐくみつつ、二ヶ月後の結婚式に向けて準備中なのである。

「そうだ、玲。披露宴の招待客なんだけど、もう呼びたい人はいないか？　式場から連絡があって、もう少し大丈夫のようなんだが」

今思いだしたように聞かれ、玲は「うーん」と首をかしげて考えた。

「……仲がよかった友だちだけで十分ですよ。わたし、前の会社でも、常務の指示で親しくできた同僚とかいなかったので」

カナメリゾートは正式に退職している。学生時代に仲よくしていた数名の友人。祝福してくれるのはそれくらいだろう。

「そうか、実は俺の独断で、招待者に加えた人がいるんだ」

「どなたですか？　会社関係の方？」

「玲が要川家にいるとき、玲に接してくれていた家政婦さん」

「……照子さん？」

「彼女は要川家での玲をひとりにしなかった。それどころか守ってくれた。招待状を出す前に電話で確認をしたんだ。玲が結婚するという話を聞いて、喜んでいた。『よかった、よかった』って、泣いていた」

そんな話を聞いたら、玲まで泣きたくなる。

弱冠十歳で孤立した要川家での生活。

照子がいなかったら、玲は今ごろ母のところへ行く選択をしていたかもしれない。

「嬉しい。照子さんに会えるんだ……」

顎をすくわれ、将騎の唇が重なる。

「幸せになった姿、見せてあげよう」

「はい、ありがとうございます」

涙も吹き飛ばす笑顔で、玲は将騎に抱きついた。


――二ヶ月後。

将騎と玲の結婚式や披露宴パーティーが執り行われた。

順調に進んだ結婚準備ではあるが、ひとつだけ、ギリギリまで将騎を悩ませたことがある。

――玲のドレスラインナップに、ミニスカートのドレスを入れるか否かだ。

結局入れることはなかったのだが、その理由を尋ねた玲に、将騎は堂々と答えた。

「玲の脚は、俺だけのものだから」

あまりにも将騎らしい。

幸せを全身で感じ、玲は、母との約束を守れたことに喜びを感じるのである。

――玲は、ちゃんと自分を愛してくれる人に出会ってね。

*****

ああ、いいお式だった。……あら？　ごめんなさいね、ひとりごとが聞こえてしまいました？　ええ、そうなんですよ、結婚式の帰りなんです。本当にいいお式で、あの子も幸せそうで、泣いてしまいました。……実はね、孫娘の結婚式だったんですよ。でも、あの子は私が祖母だなんて知らないんです。きっと、一生知ることはないと思います。そうそう、〝わけあり〟っていうやつなんですよ。あはは。……そうですね、電車がくるまでもう少しありますか。それなら、少し聞いてもらってもいいですか？　私も、もう二度と誰かに話すことなんてないと思うので。……私ね、早くに両親を亡くして、大きなお屋敷に奉公に入ったんですよ。そこの旦那様の手がついて、子どもを産みました。ただ、女の子

だったんです。旦那様が求めてたのは男の子で、希望に添えなかった結果として子どもは生まれてすぐ施設へ預けられました。ああ、「ひどい」って怒ってくれるんですか？　ありがとうございます。施設の名前は聞いていたので、ときどき物陰から見ることはできました。でも母親だと名乗り出ることはもちろんできません。それがつらくて、いつの間にか見に行くこともなくなりました。娘のことを思いだすのがつらくて、別のお屋敷で住みこみの家政婦として働きはじめたんです。そうしたらね、なんてことでしょう、高校を卒業した娘が、そのお屋敷に同じ住みこみの家政婦として入ってきたんです。ええ、そうですよ、奇跡かと思いました。夢のようで嬉しくて、母だなんて言えなくてもかわいがりましたよ。生まれてすぐに施設に容れられたっていうのに、娘は素直で明るくて、本当にいい子でした。だから、使用人仲間にもかわいがられましたよ。……ただ、若くて素直でかわいい女の子ですから……そのお屋敷のご当主様の愛人にされてしまったんです。ごめんなさい、また「ひどい」って怒らせてしまいましたね。娘は、……身ごもってお屋敷を追い出されました。そうですね、私よりひどい目に遭ってしまった。私は、また娘を守れなかったんです。泣いても泣いても自分を許すことができませんでした。でもね、その十年後、また奇跡が起こったんですよ。旦那様が過去に愛人と子どもを捨てたって週刊誌に書き立てられて、保身のためにその子どもをお屋敷に引き取ったんです。孫娘ですよ。信じられない、こんな奇跡があるだろうか。きっと神様が、私に最後のチャンスをくれたのだと思いました。だから、ご当主様にお願いをしたんです。その子の世話を、私にさせてくれって。娘は一緒じゃなかったのかって？　……娘は、病気で亡くなっていました……。きっと、たくさんの苦労をしたのだと思います。泣いてくれるんですか？　お宅様はお優しいのですね、ありがとう。娘が亡くなっていたことはショックでしたけど、孫娘が、また本当にいい子でした。自分の逆境にも立ち向かっていこうとする強さもあった。料理をはじめとした家事もちゃんとできるんです。まだ十歳なのに。あの子がたまに作ってくれた、ホットケーキミックスで作るクッキー、美味しかった……。体裁のために引き取られた子です。お屋敷では無視をされ、食事も自分で用意をしなくてはならないような境遇でした。つらい立場なのに、それでも孫娘は笑顔で前を見るんです。……強い子でした。感動しましたよ。……私ね、ずっと娘を守れなかったことを後悔して自分を責めていたんです。だから決心したんですよ。孫娘を守ろうって。なにがあっても、私や娘のような目には遭わせないって。幸い、ご当主様にとっては娘だし、あとお屋敷の男といえばお兄様にあたる坊ちゃんだけ。あとは使用人だし、心配はないかと思ったんですけど……。そう、お察しいただけました？　その坊ちゃんが陰湿な性格で孫娘をいびってばかりだったんですけど、孫娘が大学生になったばかりのころ、不良っぽい三人組を孫娘の部屋に入れたんです。なにが起こるのか、すぐに察しがつくじゃないですか。そのとき私の胸に湧き上がったのは、間違いなく殺意っていうものだったと思います。厨房から大きな肉切り包丁を持ち出して、孫娘の部屋に飛びこんで孫娘の服を破って笑っているやつらに突きつけたんです。刺し違えてもいい。絶対に孫娘を守るって思いました。なんとか男たちや坊ちゃんを追い払ったあと、私にしがみついて孫娘が泣いたんですよ。どんなことがあっても泣かずに頑張ってきた、あの子が……。……すみません、思いだしたら私も涙が……、あら、お宅様も泣いてくださるんですか？　本当にお宅様は優しい方ですね。ありがとう、ありがとう。その件をご当主様に報告したことで、坊ちゃんはかなりこっぴどく叱られたようです。それ以来、そのようなことは起こりませんでした。でも、そのときのことをだいぶ根にもたれていたのでしょう。旦那様が亡くなると、一番に解雇されてしまいました。大学を卒業すれば、お屋敷から出られると亡くなったご当主様の弟さんからお聞きしていましたから、私がいなくてももう大丈夫だと……。私は、孫娘に別れを告げたんです。それから五年ですよ……今でも連絡をもらったときの感動を忘れられません。孫娘と結婚するという男性が、結婚式に出席してくれと連絡をくれたんです。とても立派な方で、そんな人が孫娘を愛してくれたなんて、なんてすごいことなんだろうと思いました。その方はいろいろと調べて、私が孫娘の祖母であることも突き止めていました。私が望まない限り、そのことは明かさないと約束をしてくれて、私は結婚式の招待を受けたんです。……いいお式でした。本当に、いいお式でした。私も娘も、本当に愛する人には出会えなかったけれど、孫娘が、その幸せを掴んだんですよ。——本当に、愛してくれる人と、出会ってくれた……。こんなに幸せな気持ちになったのは、生まれて初めてですよ……。……あっ、電車がきますね。おかしな話につきあってくれて、ありがとうございます。まあ、お気遣いまでいただいてしまって、恐縮です。どうぞお気をつけてお帰りになってね。本当にありがとう。……ああ、本当に幸せな気持ちだわ。帰ったら、あの子が教えてくれたホットケーキミックスのクッキーを作ろうかしら。

END

あとがき

出だしからヒーローのセクハラ発言。ムッとした方もいらっしゃるかとは思いますが、理由もあってのことですし、氷堂先生の麗しいビジュアルに免じてご容赦ください。（脚が好きなだけだろう、このド変態！　と言われれば反論はできません……）

表紙カバーでもコメントしたのですが、今作がオパール文庫様での刊行二十作目になります。これからも【溺愛は標準装備】【絶対のハッピーエンド】をモットーに頑張りますので、どうぞよろしくお願いいたします！

今回は入院や体調不良で書けない期間が長引き、担当様にはとんでもなく時間をいただいてしまいました。もういっそ書かないほうがいいんじゃ……と自棄になりかかりましたが、根気強くおつきあいくださった担当様のおかげで仕上げることができました。編集部の皆様含め、感謝に耐えません。本当にありがとうございました！　そして氷堂先生、素敵な二人をありがとうございます！　何気にヒーローのウエストコート姿の挿絵が多くて大歓喜でした！　本書をお手に取ってくださりました皆様にも、最大級の感謝を。

ありがとうございました。また、お目にかかれることを願って――。

幸せな物語が、少しでも皆様の癒しになれますように。

来年は健康にすごせる一年にしたいです／玉紀 直

✦ ファンレターの宛先 ✦
〒102-0072　東京都千代田区飯田橋3-3-1
プランタン出版　オパール文庫編集部気付
玉紀 直先生係／氷堂れん先生係

オパール文庫Webサイト　https://opal.l-ecrin.jp/

副社長（ふくしゃちょう）にハニトラを仕掛（しか）けたら予想（よそう）をはるかに超（こ）えて溺愛（できあい）されました

著　者——玉紀 直（たまき なお）
挿　絵——氷堂れん（ひどう れん）
発　行——プランタン出版
発　売——フランス書院
〒102-0072　東京都千代田区飯田橋3-3-1
印　刷——誠宏印刷
製　本——若林製本工場
ISBN978-4-8296-5560-3 C0193

本書へのご意見やご感想、お問い合わせは、QRコード、
または下記URLより弊社公式ウェブサイトまでお寄せください。
https://www.l-ecrin.jp/inquiry

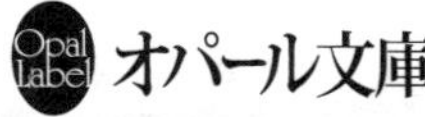
Opal Label
オパール文庫

若頭は一途に、甘やかにる
Illustration
潤宮るか
Nao Tamaki
玉紀　直
ヤクザな彼のみだらな獣欲
無敵の極道、恋に堕ちる
不動産会社社長で醍醐組の若頭、帯刀から求婚された寧音。
戸惑うものの、どこか懐かしい彼に惹かれて。
極道と甘く刺激的な恋!